KILLER HUNTER

KILLER HUNTER

KILLER HUNTER

02

KILLER HUNTER
殺手獵人

CASE TWO 激戰

星爵——著

序　所謂殺手

當你看到這行字的時候，代表你／妳，已經看過殺手獵人的第一部，準備跟我一起進入第二部的故事了，歡迎。

還記得去年，剛收到出版社決定好出版日期的時候，正值我要準備去國軍教召的前夕，當時總編問了我一句：「你有部落格或粉絲團嗎？可以來做宣傳。」

我登時虎軀一震，腦中百轉千迴，心裡只有糟糕兩個字可以形容。

自大學畢業、入伍退伍之後，我已經鮮少經營公開的部落格或網誌之類的平台了，台灣論壇、無名小站相繼關閉，當初拿來放文章的「大平台」也都已經不復存在。

只有在Facebook的小小角落，找一個地方放放我在工作之餘偶然會寫的幾篇廢文，還有殘篇破卷的小說。

進入職場走跳的我，早將寫作的熱情，擺在一邊了。

只是我，還捨不得放棄。

於是殺手獵人付梓，於是我重新出發。

回頭重新開始的我，明白這條路必然無比艱辛，但可以重新發現，當初在寫作時，那些默默支持我的元老級讀者們，以及看到我的書之後，不停為我打氣加油的新讀者們。讓我在寫作這條路上，孤單卻不孤獨。

很高興能在這裡跟大家分享，我這幾個月來，些許的心路歷程，其實還有很多話想說，但話說盡了，就沒有下次了。

感謝你們看我的書，希望你們喜歡，未來有機會希望可以和大家多聊聊，有什麼想問的想說的，也歡迎我的粉絲團告訴我。

接下來有很多計畫，包括部落格的重新復活，小說故事的新型態轉變，畢竟故事就明擺著在那裡了，也想讓以前的讀者們看到我的進化，我絕不會一成不變，請期待，看見新的我。

又見我，新我。

星爵

無與倫比，極速影閃電之章

1

七年後，台北市某公寓，早晨。

公寓樓下在短短的一個小時內聚集了十幾名警力，帶頭領隊的是ETDK的總指揮望月昌介。

巷弄裡無不充滿著跟著看熱鬧的民眾，有人竊竊私語，有人交頭接耳，因為聚集如此大的警力一定發生了非比尋常的事件。

望月沒有多加理會民眾們的反應，只是自顧自的帶著員警們進入公寓。

「在頂樓，所有人將手槍上膛，嚴加戒備。」望月提醒著。

「是。」

與KH，也就是劉凱浩，在西門町一場混戰後已經過了一個多月，這段期間再也沒有任何有關他或是Death的消息，兩個人彷彿人間蒸發。

倒是在知道劉凱浩就是KH之後，望月將所有能用的資料全部都給調了出來，包括照片在內。然後在短短一個月之中，派遣大量警力全力搜查，連他在花蓮的老家也完全不放過，終於，查出了他目前的住址，在台北市住宅區的一棟公寓的頂樓。

查出地址之後，望月閃電般的調遣近三十名武裝警力到公寓，準備執行攻堅行動。

「子紹呢？」抵達頂樓門口時，望月向站在他身後的一名警員問道。

「報告搜查官，劉警官在樓下巷口待命，需要用無線電呼叫他嗎？。」

「嗯，把無線電給我。」

望月拿起無線電呼叫子紹，這時獨自站在巷口站到發愣的子紹嚇了一大跳，差一點把無線電給掉在地上。

「望月呼叫子紹，聽到請回答。望月呼叫子紹，聽到請回答。」望月重複呼叫了兩次，子紹將通話鍵按下。

「子紹收到，搜查官請說。」

「立刻撥電話到附近所有派出所，請他們各自備好十名警員待命，一有任何狀況，隨傳隨到。」

「收到。」子紹將無線電收好，拿出手機。

砰的一聲，兩名警員用力的將門撞開，映入望月眼簾的是空蕩蕩的小套房，而他所謂的空蕩蕩，就是一個人影都沒有。

望月冷冷的將視線掃過客廳，包括地板上，整個客廳佈滿了灰塵，一陣濃濃的灰塵味衝向進入門內的所有人的鼻腔中。

雖然這點是望月早就已經料到的，但是他心中那股極力想抓到KH的念頭還是讓他的臉上沾上了一點失望的氣息。

「指揮官？」一名警員拍上望月的肩膀，望月才從淡淡的落寞中清醒過來。

「呃……所有人聽好，五五一組分成A、B、C三組；A組搜索客廳，B組負責浴室、廁所還有廚房，C組負責房間陽台，行動。」語畢，望月從上衣口袋拿出香菸和打火機，點了菸就抽了起來。

「是。」

時間過得很快，在一群警察花了不到半小時的時間，手忙腳亂的搜索完一間不到十坪的小套房之後，唯一的回答就是：「沒有任何人在。」

站在眾人面前的望月昌介，此時只能苦笑，雖然他早就已經知道KH一定會離開，而且自己也希望他離開。即使如此，自己卻完全不能接受已經證實的推論，以及他最真實的希望。

「我一定是瘋了才會想放那個殺人魔走。」望月暗忖。

不理會其他在場的警察，望月獨自叼著燃燒的香菸離開，留下一群員警面面相覷。

「指揮官離開了？嗯，我了解了，你們就先收隊吧！我會去找指揮官的。」子紹關掉無線電，走到他停在路邊的二手馬自達3轎車旁邊，然後他看見望月從遠處漸漸走了過來。

「他離開了，對吧？」子紹對著嘴上叼著一根只剩濾嘴的望月說。

「不，他還在他的道路上走著，直到得到真自由。」望月嘴上那根濾嘴依舊沒有吐掉，打開了子紹的車門，坐了進去。

「浴血過後的自由……是嗎？」子紹坐進駕駛座，發動引擎，馬自達3緩緩載著兩人離開巷弄，離開漫長的追逐之路。

⌖

「全身浴血，才能獲得自由，這就是殺手的命運。」全身是傷、幾乎被繃帶綁滿，活像個木乃伊的 Death 坐在床上，緊握著拳頭，一旁坐在椅子上的 KH 吐著煙圈。

「這是 Ruse 那老頭跟你說的？」

「不是，是我自己想出來的。」

「這句話很貼切。」吐出最後一口煙，KH 把菸蒂朝著左手邊的窗戶外彈了出去。

「所以接下來你就跟著 Ruse 一起殲滅秦皇剩下的組織了？」拿起菸盒又點了根香菸，吸了一口。「花了多久時間？」

「前前後後花了兩年，本來想事情解決完之後，就跟思晴一起去歐洲的，她說她想去看看威尼斯……」

「就在這時候，她被殺了？」

「……」Death 沉默，這時候 KH 起身看著窗外，深深的吸進一口煙，吐了出來。

「你也不知道兇手是誰，對吧？」

「……」Death 依舊沉默，KH 搖搖頭說：「該走了。」

Death 顯然的震了一下，看著若有所思的 KH 問：「走？走去哪？」

「不管去哪都行，總之我們兩個不應該再繼續留在台灣，我已經跟 Ruse 那老頭說你死了，你離開這裡就不要再回來；而我也會離開這裡，短時間內也不會再回來台灣了。」KH 放在窗沿的左手緊握著。

「你要去找血腥……不，去找鬼塚紅蓮？」

「嗯，我從 Ruse 那邊聽到，紅蓮現在在X夫人的麾下，我要去找她。」

「我聽說X夫人的根據地在美國，而且她還是世界三大殺手集團之一，你想從她那邊討人走，可能沒這麼容易。」

KH 輕笑，夾在右手食指和中指之間的香菸被他拿起來吸了一口，吐出渾濁的白霧。

「不知道是幸或不幸，我這幾年當殺手獵人，殺了無數的殺手，在殺手世界裡，我是最可惡的敵人，但也可能是最強的盟友。」

「你的意思是？」

「交換條件，如果我能用我的能力為X夫人達成某個目的，我相信她會很樂意把紅蓮交給我的。」

「如果她不答應呢？」

「那我就盡我全部的力量殲滅X夫人的組織，當然 Ruse 答應了會全力支持我的提議，因為他知道一旦X夫人被殲滅，不僅可以讓他自己組織的勢力取而代之的在美國滲透進去，而且可以成為唯一與異界抗衡的力量。」

「好一個恩威並用的方法，看來你是勢在必得，只是我想不透，為什麼你對這個鬼塚紅蓮這麼執著，你對她有感情？」

「不，我只是不想讓我一生摯友的妹妹，踏進殺手世界這無窮無盡的黑暗深淵罷了。」KH 依舊看著窗外，不知怎麼的，眼前漸漸浮現出鬼塚和延的臉，鬼塚對著 KH 微笑，而他回了鬼塚一個苦笑。

「鬼塚和延交了你這個朋友真是此生無憾。」

「或許吧。」語畢，KH 拿起了他放在床邊的黑色大衣，走到房間裡的衣櫃前，拿出了他的黑色大背包，開始把家裡所有的手槍、狙擊槍、小刀裝進大背包裡。

「開始整理了嗎？」Death 問。

「這些是要丟掉的，畢竟拿著這些東西是絕對過不了海關的，Ruse 在那邊有據點，而我用慣的這把沙漠之鷹，會先交給他，他再幫我送到墨西哥去。」KH 一邊收著東西，一邊把香菸點著，抽著抽著，他看見原本坐在床上的 Death 起了身，開始把身上的繃帶拆掉。

「我還有個疑問。」

「你說。」

「從西門町那一戰到前幾天我醒來，過了多久時間了？」Death 把身上的繃帶全拆掉，雖然身上的傷免不了還留著，但是幾乎都已經癒合了。

「就如你所看到的，那天這麼重的傷要好成現在這種程度，普通人少說也要半年左右……」KH停下收拾的動作，坐在地上指著Death身上的傷說。

「我昏迷了半年？」Death驚呼。

「我還沒說完，但是你很神奇的兩個多月就恢復成這樣了，所以你應該不是普通人，是怪物。」KH笑了一下，繼續整理東西。

「都什麼時候了，你還有心情開這個有夠無聊的玩笑。」Death白了他一眼，把放在一旁的衣服拿起來穿在身上。

「我可是很認真的。」KH收好所有的東西之後，把背包的拉鍊拉了起來，揹在肩膀上，說：「前幾天，在你醒來之前，我的房子被條子抄了。」

「是誰帶人抄的？」Death問。

「還能有誰？不就是望月昌介那個小日本。」KH接著說：「還好我在第一時間叫Ruse幫我另外租了一間小套房，然後我就把所有能用的武器通通移過來這邊了，他們抄到的只能算是間空屋。」拿著沉重的背包，KH走到床邊坐下。

「這就是所謂的狡兔有三窟是吧。」Death收起KH幫他放在床邊的一些零碎物品，還有靠在衣櫃邊的兩把霰彈槍，全部都裝進他的大背袋裡。

「還不算，嚴格的算起來，我只有兩窟，呵。」KH笑了笑，點了香菸，轉身走出門口。

揹起大背袋，Death 忽然想起什麼似的停住了所有動作，然後把正要走出門口的 KH 叫住。

「等一下。」

「嗯？」KH 停住腳步，嘴邊叼著的香菸被他拿起來彈了一下菸灰。

「差點忘記一件重要的事，其實這次我來追殺你的行動，是義大利黑手黨所委託的，因為你曾經殺了很多他們旗下的殺手，為了報仇，他們才會派我來殺你。」

「是傑斯那一幫人嗎？真是一點都學不乖……」

「不過……我要告訴你的不是這件事。」

「不然是什麼？」KH 嘴上的香菸漸漸燒到盡頭，Death 臉上凝重的表情讓一派輕鬆的他免不了也緊張了起來。

「除了我之外，他們另外還派了一個殺手來追殺你，而且這個人，是前任秦皇組織的幹部之一。」

「你不是說秦皇組織已經被你和 Ruse 殲滅了嗎？尤其是幹部更不可能會活著，怎麼還會有幹部要來殺我？」

「有一個人……一直都沒有以追殺我的名義出現在我面前過，甚至這七年來我也再也沒有見過他，他是秦皇生前最強的左右手，影閃電。」

「什麼？」KH 一驚。

「如果我猜得沒錯，接下來要來殺你的人就是他，如果是他，你恐怕很難全身而退。」Death 輕輕用手指頭敲著下唇。「可能是必死無疑。」

「哈哈哈！」KH 聽完之後大笑，Death 則用不可思議的眼神看著 KH 這突如其來的舉動。

他心想，是因為 KH 沒有跟影閃電對上過，完完全全不知道影閃電的恐怖才會這樣的狂妄大笑，如果真的和影閃電動起手來，就算強如殺手界傳說中的『地獄閻王』，也絕對不可能毫髮無傷。

「喂！你……」

「抱歉抱歉，我只是覺得你這麼強的人也會有如此害怕的人，那這個人的實力一定超強無疑，所以我一想起來就興奮，或許這也是解開我們親人被殺之謎的關鍵，你叫我怎麼能不高興呢？」KH 嘴角上揚，Death 原本凝重的臉也添了點笑意。

「你真的是一個與眾不同的人。」Death 說。

「彼此彼此。」彈掉早已燒完的菸蒂，KH 又重新點起一根香菸，邊抽邊離開了門口。

2

「你終於要準備動身啦？」Ruse坐在吧檯裡一邊喝著酒，一邊看著電視說。

「嗯，既然都知道紅蓮人在X夫人那邊了，當然是越快過去越好，加上我和Death戰鬥的傷都好得差不多了，不趕快動身也說不過去。」好不容易今天在酒吧裡一根香菸都沒有抽的KH，咬著剛才喝完的調酒的吸管，若有所思。

「你要小心啊！美國那邊可是一個龍蛇雜處的地方，而且黑暗勢力中，殺手也不在主流裡面，黑道才是當道。到了那邊單憑你的身手也是不容易混的，你要加倍小心才行。」

「呵，你現在當我是去美國闖天下啊？我只是去救個人罷了。」

「我當然知道你是去救人，但是你不跟我買X夫人的檔案，只跟我買了幾個旗下殺手的資料，單憑這樣要到那邊查出X夫人的根據地，可不是這麼容易的，畢竟殺手的嘴巴都很緊。」

「我自有我自己的辦法。」KH把咬爛的吸管放回杯子裡，Ruse收回杯子之後，又幫他倒了一整杯的紅酒。

「老是太過分相信自己的能力是會吃虧的。」Ruse把杯子遞給KH。

「我會有分寸的，只是以後就不能這樣來你這邊休息喝杯小酒，還真是有點寂寞呢。」喝了一口酒之後，KH 對 Ruse 輕笑一下。

「我這老頭子其實也活不久了，不過三年五年還是撐得住的，你得盡快趕回來啊！讓你看看我最後一面。」

「放心，有句話說：『禍害遺千年』，你做了這麼多壞事，雖然沒有一千年，不過百來歲應該沒問題，你可以慢慢等我回來。」

「你這個臭小子。」Ruse 大笑。

今晚沒有營業、門口掛著「休息中」牌子的 SICKLE 酒吧，聽不到平常來喝酒的各路人物的聲音，只聽得到 Ruse 和 KH 不停歇的笑談聲，直到天亮。

隔天下午，當 KH 還在某家飯店的房間熟睡的時候，他的手機響了起來，睡眼惺忪的他拿起手機一看，是子廷打來的。

「喂，我是凱浩。」KH 說。

「我是子廷，你現在有空嗎？能不能出來一會，我有件事跟你商量。」子廷的聲音有點著急。

「OK。時間地點？」

「三十分鐘後，西門町星巴克見。」

掛上電話之後，KH想著剛才電話裡子廷略顯著急的聲音，KH感到有點奇怪，平常說話冷靜沉穩的子廷為什麼會突然著急了起來？擔心子廷的KH暫且拋下睡意，換上衣服離開飯店。

傍晚，人潮依舊洶湧的西門町裡，一反常態的只穿著襯衫加牛仔褲的KH緩緩的走進星巴克裡，找到坐在角落的子廷之後，坐了下來。

「你感覺起來有點慌張，發生了什麼事？」

「其實……我收到這種東西。」子廷從上衣口袋拿出一只信封，信封上沒有地址，也沒有署名收件者。

KH接了過去，把裡面的信紙拿了出來，越看臉色越凝重，直到最後看到寫這封信的人署名「影閃電」的時候，他差點沒暈了過去。

「怎麼可能……」他小聲的說。

「我第一次遇到這種事情，是我得罪了什麼人嗎？」子廷雖然看似冷靜，但他的手指卻不由自主的摳著咖啡杯的杯身。

「這個傢伙是衝著我來的。」KH說。

「什麼？」子廷臉上的表情明顯的變了一下。「你說這句話是什麼意思？」

「……」KH沒有再說話，只是一直盯著影閃電寄過來的預告信發呆。

「你說啊！為什麼不說話？」子廷激動的敲了一下桌子，但四周圍的客人只是望了過來一眼，然後就自顧自的轉回去了。

「找警察保護你吧。」KH說。

「你還沒有回答我的話。」

子廷說完之後，KH還是一樣沒有回答子廷，他默默的起身，默默的離開星巴克，連看都沒有再看過子廷一眼。

「凱浩……」

「怎麼？真的不向我買影閃電的資料嗎？」Ruse好整以暇的坐在吧檯裡喝著紅酒，看著似怒非怒，似愁非愁的KH。

「我自己會解決，而且我已經想好方法了。」又一口白霧吐出。

「哦？讓我聽聽看。」Ruse 遞給 KH 一杯紅酒。

「我讓子廷去報了警，警察會根據影閃電的預告信而嚴加保護他，如此一來——」

「等等，這種假設下，必須是影閃電自己查到子廷與你有關係才會寄預告函給他，如果他只是純粹收單才想殺子廷，那你這種分散注意力的戰術就絕對不會成功。」Ruse 打斷 KH 的話。

「呵，連我想用警察分散他注意力，再從他背後捅他一刀這種戰術你都知道啦？」KH 喝了一口紅酒。

「你的戰術能有多高明？」Ruse 笑了一下。

「跟你比起來當然只能算是初生之犢囉！」KH 吸了一口菸，吐出。「但是我已經想過了，消失這麼久的殺手，毫無預警的突然出現，不可能只是為了殺子廷這種小魚，他是要用這條小魚做餌，釣我這條大魚。」

「有道理。」

「雖然不知道他是從哪裡知道我和子廷的關係……」KH 瞄了 Ruse 一眼，意有所指的用鼻子哼了一口氣。

Ruse 給了他一貫的「我是個商人」的表情，然後聳了聳肩。

「但是他一定有備而來，所以我這個方法不僅可以保護子廷，還可以分散影閃電的注意力，這樣任務執行起來也更容易、更輕鬆，不是嗎？」

「越來越聰明了呢。」

「不聰明一點，早就被殺了。」

「也是。」Ruse 又斟了一杯酒給 KH。「只是你要知道，一般刑警小隊是絕對敵不過影閃電這般強的殺手的，到時候要是子廷暴露在危險之中的話，你一分心就會被影閃電給殺掉。」

「一般的小隊是敵不過，那如果是『ETDK』的話呢……」KH 的嘴角微微上揚

「你又做了什麼好事？」

「我把這個，寄給 ETDK 的望月昌介那個小日本了。」KH 從大衣口袋拿出一張黑底白字的卡片。

「這樣的確能讓整個 ETDK 出動，但是這樣就換成你自己本身被兩方人馬盯上，是處境最危險的人囉。」

「危險正是最能讓我享受的處境，如果是為了我心裡所在乎的人，那我的生命就不再是生命，只是武器。」KH 將杯中的紅酒一飲而盡。「最黑暗的武器。」

「你要走了？」Ruse 看著正在把香菸熄在菸灰缸裡的 KH 說。

「一想到影閃電可能是除了閻王之外，我遇到最強的殺手，如果不早點準備的話，那不就在等死嗎？」KH 明顯沉重的臉上，擠出了一個略微尷尬的笑。

「我等著看，影閃電的末路。」

「多謝抬舉囉！」走向門口的 KH，向 Ruse 揮手道別。

台北市刑事局裡，『ETDK』總部。

一群刑警慌慌張張的跑進會議室裡，而早在裡面等候多時的望月不發一語的坐在位置上，看著三三兩兩跑進來的他們。

「望月指揮官，發生什麼事了嗎？」子紹看著手中的電子錶，凌晨一點二十三分。

「我剛剛從一家律師事務所回來。」

「律師事務所？」眾人不解。

「一個叫徐子廷的律師，收到這封預告函。」望月把燈關掉，打開投影機。

隨著大家把信越看越後面，臉色越變越凝重，尤其是看到署名之後，大家的眼睛都瞪大了。

「影閃電……」一名刑警語帶抖音的說。

「相信大家都很清楚此人的來歷。」望月把燈打開。「他正是台灣史上除了閻王之外，最可怕的殺手。」

「……」眾人一語不發的看著眼前的望月，只見他又從口袋拿出一張黑底白字的卡片，放在桌上。

「這是我在去律師事務所之前，收到的卡片。」

「這次的事情，一定牽扯到KH，既然是這樣，我們絕對不能就這樣撒手不管。」望月堅定的眼神掃過全場，一個多月前西門町那場激戰完全沒影響到他堅持要逮捕KH的決心，即使表面上看起來是如此……

「那我們現在應該……」

「現場的人員帶領一組三人小隊，共分十組，三十人荷槍實彈嚴密保護徐子廷律師，我和子紹各帶領一支五人小隊，分頭抓KH和影閃電，有沒有問題？」

「沒有！」眾人大喊。

「OK！行動！」

「是！」

「不好意思，可以進來嗎？」在會議結束了之後，子紹跑到還沒離開『ETDK』總部的望月的辦公室裡。

「請進。」望月喝了一口咖啡。

「望月指揮官……」

「你有什麼事情嗎？子紹？是對我自作主張指派你跟著我去追影閃電和KH的這個危險的任務，感到不滿嗎？」

「不是……」

「不然是什麼？」

「我……想問指揮官，影閃電的來歷。」

「你不知道？」

「指揮官你也知道嘛，我是這兩年才調過來當刑警的，所以很多殺手我都不太熟悉，剛剛大家都好像真的知道他是誰，如果我直接問他們的話，好像顯得我很蠢……」

「所以你來問我？」

「是的……」

「哈哈哈！子紹，你真有趣。」望月把咖啡杯放下。「你知道殺手閻王嗎？」

「呃……不知道。」子紹搖搖頭。

「看來，我必須跟你『徹夜長談』囉！哈哈哈！」

「不是真的吧？」雖然能了解他們口中所說的閻王及影閃電兩個殺手的情報，可是徹夜長談未免也……

「呵，當然是開玩笑的。」望月笑了一下，說：「我剛剛提到的閻王，曾經是台灣殺手界的龍頭，俗稱『Ruse』的人的手下，他的槍術不算準，身手也不算最好的，但是根據紀錄，他是個擁有『絕對動態視力』和『絕對聽力』的殺手，就算他身在槍林彈雨中，敵人也難傷他分毫。」

「真有這種奇人？」子紹完全難以置信。

「沒錯，不過他已經死了，而且怎麼死的沒人知道，官方把這段紀錄列為機密，我也無法察看，只知道他曾被抓過，後來是為了某個任務，使用某種秘密方法放他出來，最後他才死的。」

「嗯……」子紹搓著下巴思考。

「至於影閃電，是數年前和Ruse的組織有著對等勢力，現在已經消失的台灣殺手組織『秦皇』旗下的殺手，他的身手極佳，槍術也非常神準，而且出手快如閃電，故名影閃電。」

「那這兩個人豈不是極端的相反嗎？」

「極端相反……或許吧，那麼就你的推測來說，你覺得影閃電與閻王相比，哪個比較好對付呢？」

「這……沒有實際遇上很難比較吧？」

「嘖嘖嘖，情報分析必須在出發前就做好啊！不是嗎？」望月拿起咖啡杯，小啜了一口，微笑著看著子紹。

「嗯……如果以資料上的能力做比較的話，幾乎不會被子彈或是武器所傷的閻王就像是不破之盾；而出手快到讓人無法反應的影閃電就像是不敗之矛……」子紹閉上了眼睛：「但是以沒有武器的情況下來說，影閃電要比閻王好對付多了，只要他手上失去武器，就有如待宰羔羊。」

「沒錯，就是這麼一回事。」望月露出肯定的表情，說：「這樣你了解清楚了嗎？」

「嗯，我了解了，多謝指揮官。」

「不客氣，趕快去休息吧！接下來還有場硬仗要打呢。」

「是，指揮官，那我離開了，晚安。」

「晚安。」

子紹離開了辦公室，望月一個人坐在辦公室抽著香菸，電腦螢幕上顯示的是影閃電的資料。

「好不容易都要離開台灣了，為什麼還有這齣鬧劇呢……」

望月閉上眼，白霧依舊吐出。

3

兩個小時前，徐子廷律師事務所。

「徐律師，你得到的就只有這封信是嗎？」坐在沙發上的望月抽著香菸。

「什麼意思？」

「不好意思，時間點太巧了，我不得不這麼問。」

從咖啡機旁端著兩杯咖啡走過來的子廷到望月的對面位置坐下，然後把咖啡端給望月。

「什麼樣的時間點？」

「不妨老實的告訴你，徐律師。我是台灣刑事局對抗殺手獵人 KH 的組織『Expert

Tracing Detail for KH』，簡稱『ETDK』的最高搜查官。」望月喝了一口咖啡，一入喉，獨特而強烈的餘味充滿整個口腔及鼻腔。

「麝香貓，是嗎？」

「你懂咖啡。」子廷微笑。

「僅是皮毛而已。」

「你剛剛說，你是那個組織的最高搜查官，那你會來這，表示這件事跟殺手獵人脫不了關係……是吧？」

「你很聰明，我喜歡跟聰明人談話。」

「不敢。」

「我收到這張卡片。」望月把口袋的黑底白字KH的卡片拿了出來。

「我認得這張卡片，我見過。」子廷轉身過去想要把壓在桌上的卡片也拿出來，望月卻阻止了他。

「不用拿了。我知道你見過，檔案我看過，上頭也記載得很清楚。」

「既然如此，望月搜查官，我有一個小小的請求。」

「我很明白，這也是我來這裡的目的。」

「那就請你一點都別遺漏的告訴我，可以嗎？」

「沒問題。」望月拿出公事包裡的筆記型電腦，打開了電源。「我會讓你知道，你該知道的一切。」

深夜靜得可怕，KH一個人靜靜的站在高達三十層樓的飯店窗戶邊，望著街道上稀稀疏疏的車潮，他點起了一根香菸，吸上一口。

「這一戰，決定的是未來，是生，或是死？」說話聲從KH身後傳來。

KH沒有回頭，只是輕輕的閉上了眼睛，說：「生或死，都是一種未來，只是我的生，會接著牽連到許多人的未來。」

「包括我？」腳步聲走近KH所在的窗戶，接著是打火機的「喀」一聲，火光一現即逝。

「對，Death，包括你。」KH轉向他笑了笑。

「也對，沒有你，我現在的目標也不會這麼明確。」

「目標？」

「你跟我的目標，已經開始佈局了，不是嗎？」

「只是命運在運轉而已，任何佈局，都逃不過那樣的陰謀者。」

「照你這麼說，是命運要讓我們看到他的末路囉？」Death 吸了一口香菸。

「他的末路還久，不過我們先看到的，會是影閃電的末路。」將手中的香菸燒到底，KH 將菸蒂從三十層樓外彈了出去。「或者是，我的末路。」

「我等著看。」

「一定會的，明天，一切都會有個了結。」

Death 將香菸彈出窗外，和 KH 兩人看著深夜的黑暗天空，準備迎接破曉的黎明。

清晨五點整，東方太陽還未完全升起時，徐子廷律師事務所內內外外就被重重警力所戒護著，而望月和子紹兩個人則在距事務所大樓一百公尺外的大樓頂樓，用望遠鏡監視著一切行動。

「指揮官，怎麼一點動靜都沒有？預告函上面不是說破曉時……」子紹看著站在頂樓圍欄邊抽著香菸、表情沉重的望月說。

「別出聲。」望月把香菸丟在地上踩熄，瞪大眼睛看著人行道上的那唯一行人。雙手放在口袋裡，身材瘦小的他卻全身散發出令人不敢多視一眼的殺氣，每走一步路，就像是在預告死神即將來臨。

子紹及望月都見到了，雖然過了七年以上的時間，影閃電的臉上出現了明顯的歲月痕跡，但無庸置疑的，他就是影閃電本人沒錯。

「所有人員注意，目標出現。」望月用無線電呼叫所有人員，所有待命中的警察立即將手槍上膛。

影閃電持續一派輕鬆的走向子廷的事務所，望月放下望遠鏡，轉身帶著待在屋頂上包括子紹的十一個人下樓。

「還滿多人的。」影閃電歪著頭，嘴角微微上揚。

「所有人員立刻退至室內埋伏，目標如果走進門內，格殺勿論。」望月和其他人走出電梯，跑向子廷的事務所樓下。

「砰！」隨著第一聲槍聲響起，接下來數發火藥炸裂將子彈擊發的聲音密集得、巨大得將清晨的寂靜劃破。

「該死……」望月聽到槍聲越跑越快，邊跑邊將手中的手槍上膛，只是他才剛跑到樓下的門口，他就清楚了解到影閃電的可怕了。

從門口開始，連樓梯上全都是手掌被槍打傷、躺在地上的刑警們，雖然影閃電不取他們性命，僅僅是取走他們的攻擊能力，但這種超凡的能力已經是遠遠超過他們之前的沙盤推演了。

「子紹，你跟你的小隊待在樓下。我的小隊跟我一起上樓逮他。」說完望月轉身朝著樓上奔去，踩上幾步階梯之後，他又回頭轉向子紹說：「還有，叫救護車。」

另一方面，擺平了所有守衛的刑警之後，走到事務所辦公室門口的影閃電轉開了門把，進了去。

沒有任何人。

「這是怎麼回事？」影閃電看著空無一人的辦公室說。

「讓我來告訴你吧！」把槍身靠在肩膀上，嘴巴叼著香菸的 KH 靠在門邊，直盯著影閃電看。「是警察把子廷帶到安全的地方去了。」

「殺手獵人。」影閃電瞪著 KH。

「傑斯這老小子還真是個大金主，來了一個 Death 不夠，還派你這個閃電要來劈死我啊？」

「呵。」影閃電微微一笑，接著一聲槍響，KH 嘴上叼著的香菸菸頭瞬間爆開，左臉旁的牆上也多了一個彈孔。

「很可惜。」KH把香菸吐掉。

「躲得好。」兩個人同時說出這兩句話。

這時候氣喘吁吁的望月衝上樓來了，看見KH和影閃電站著沒動，而且兩人的視線也沒有移到他身上來，只是一直死盯著對方看。

「KH，你不應該出現在這裡。」望月說，手中的槍指著KH。

「但是我出現了。」接著KH從大衣的兩邊口袋各抽出一把手槍，朝著樓梯口和辦公室裡開了十幾槍，影閃電和望月兩邊紛紛躲避，等到他們轉過身來的時候，KH早已跑上通向頂樓的樓梯了。

「別跑！」影閃電追了上去，但望月依舊站在原地不動。

「望月指揮官，要追上去嗎？」站在樓梯上的小組成員問著望月。

「……」他沒有說半句話，也沒有任何動作，只是長長的嘆了一口氣。

而這時候，剛才衝上樓的KH只是一個勁的往頂樓衝，雖然他不知道後面追過來的會是望月還是影閃電，只是他知道如果繼續在這麼狹窄的空間戰鬥的話，他絕對贏不過拔槍速度極快的影閃電。

頂樓很空曠，太陽也很大，穿著全黑大衣的 KH 在夏天豔陽照射下大汗直流，但他的眼神依舊死盯著頂樓樓梯的出口，因為那邊傳來死敵的腳步聲。

大步一跨，影閃電現身在頂樓，兩人四目對望，殺氣迸然。

「這是最後了。」影閃電說。

「那就來鬥個你死我活吧！」KH，拔槍。

4

一聲槍響，KH 剛從左邊大衣口袋抽出來的槍就被影閃電開槍打飛，落在地上的手槍旋轉了幾圈之後，在 KH 身後幾步的地方停了下來，靜靜的躺著。

「我還有另外一把。」早料到會有這種情況的 KH，右手從口袋裡又抽出了一把槍，這次抽出的是他的慣用槍，沙漠之鷹。

KH 相信這是他自出生以來拔槍最快的一次了，但是影閃電拔槍開槍速度之快，又再次讓 KH 知道，自己的速度遠遠落後影閃電一大截。

槍一樣飛了出去，落在自己的腳邊，但他清楚的知道，如果他彎下腰去撿腳邊的槍，他的生命會在那一秒鐘就結束，何況他的右手還差一點就被子彈給貫穿了。

「你躲得挺快的。」影閃電歪了頭笑一笑，雙手依舊插在口袋裡。

看著右手被子彈劃過的大拇指，KH 動了動手指，笑著對影閃電說：「你換手槍的轉輪快不快？」

「什麼意思？」

「你的舊同事告訴我，你喜歡用左輪，六發的那種。」

「是Death……對吧？」

「是這樣沒錯，但我也想得到，因為拔槍術原自西部牛仔之間的對決，出槍要快，子彈擊發要快，就非得用左輪不可。」

「你很聰明，所以你現在是猜到我槍裡已經沒子彈囉？」

「一個轉輪六發，你有兩把槍，所以是十二發。你剛剛對付警察開了三十二發子彈，換過兩次轉輪，加上一開始的十二發，一共三十六發子彈，所以還剩四發，在辦公室裡的時候，你對我的頭和腰各開一發，加上剛才打掉我的兩把槍，兩發。」KH 伸出右手，比出二。

「所以你現在槍的轉輪裡已經沒有子彈了。」KH 慢慢的把手伸進大衣口袋裡面，扣住隨身小刀的環。「而且換六發子彈絕對沒有換轉輪來得快，我說得沒錯吧？」

「的確沒錯，那來賭賭看。」影閃電把兩把槍從口袋裡拿了出來，槍口對準 KH。

「你可以試試看扣扣扳機，我確定我是對的。」

「悉聽尊便。」

影閃電如獵鷹般的眼神直盯著 KH，空氣除了凝結凝結還是凝結，彷彿結成塊狀的空氣讓人幾乎無法呼吸，連極有自信的 KH 也被影閃電這樣可怕的殺氣給震懾住了。

接著影閃電扣了扳機，手槍發出喀的一聲。

「機不可失。」KH 暗忖，手中的隨身小刀隨即射出，只有兩隻手指粗的隨身小刀劃破空氣，命中影閃電左手的左輪手槍。

影閃電左手的手槍被打飛了，但是他連眼皮也沒眨一下，短短三秒已經將右手的左輪的轉輪裝了上去。

但是這三秒，已經足夠讓 KH 撿起槍衝向他了。

影閃電甫一抬頭，KH 右手握著槍朝著他筆直的衝了過來，他瞪大眼睛看著 KH 這突如其來的舉動，接著 KH 在離他幾步的時候飛身撲向他，接著影閃電的背重重的撞上了頂樓護牆。

「這一次，我比你還要快一點。」左手抓住影閃電拿槍的右手，KH的沙漠之鷹槍口頂在影閃電的眉心上。

「的確，這次你技高一籌，但是你現在還殺不了我。」影閃電左手一揮，撥開了KH的右手，接著他把左輪收進口袋裡，雙手向後一伸，反手抓住了頂樓的護牆。

「什麼？」

KH簡直不敢相信他所看到的，只見影閃電對他微笑了一下，接著向後縱身一跳，消失在頂樓上，

他衝到護牆邊往下看，影閃電就像耍特技一樣邊抓著每一樓的陽台欄杆邊往樓下跳。

「這裡是……七樓耶！」驚嘆過後，KH二話不說的直往左邊的逃生梯跑了過去，邊跑還邊注意影閃電的行蹤。

「這麼高連想都不想就跳下去，真是不要命了，而且還害我爬樓梯……」KH邊跑邊嘟囔著。

等到KH氣喘吁吁的跑到一樓的時候，影閃電已經站在離他十幾步的地方做好備

戰姿勢了，KH無奈又好氣的想要掏槍出來亂掃射一番，卻先被一發迅雷不及掩耳的子彈打中。

子彈命中KH的心臟部位，雖然有防彈大衣擋著，但是KH還是被子彈的威力震得踉蹌的退了幾步，然後跌坐在地上。

只要再一發子彈，自己就得去見閻羅王了，KH拚了命的站了起來，用手中沙漠之鷹指著影閃電。

追擊的子彈沒有再射過來，影閃電的雙手依舊放在口袋裡，他用輕蔑的眼神直盯著KH瞧。

「Killer Hunter，不過爾爾。」影閃電說。

聽到這裡，KH噗哧的笑了出來。

「曾經有個人也對我說出一樣的話呢！King你知道嗎？」

「哦！那個跟你一樣乳臭未乾的小子，才出道幾年而已，整個人很不成熟，每次出任務時派頭也搞得一大堆。」

「嗯，他的確是出道沒有多久，但是啊！我覺得他比你要強得多了。」

影閃電瞪大了眼睛，說：「你說什麼……」

「瞧瞧你，這麼沉不住氣，稍微說你一點不是，你就氣得青筋都爆出來了，人家

King啊！比你冷靜多……」KH才說到一半，一顆子彈從他的左臉頰邊劃過，鮮血也從傷口裡流了出來。

「我怎麼可能比不上一個小鬼？你要是敢再胡說八道一句，我就把你的腦袋打成蜂窩！」

「哦？我很怕耶！如果你把我的頭打成蜂窩的話，記得照張照片，然後找時間去幫我掃墓的時候要燒給我喔！我還滿想看看自己的頭變成蜂窩是怎麼樣的。」

面對KH不斷的胡說八道，影閃電明顯的情緒受到煽動，他生氣的直接把槍從口袋裡舉了起來，朝著KH就是一陣猛扣扳機。

「唉唷唷！」KH揮動大衣，擋住了所有子彈，然後轉身向後跑。

「啦啦啦！打不到！來抓我啊！哈哈哈！」KH對影閃電扮張鬼臉，接著就朝著他站著的反方向拔腿就跑。

「你給我站住！」影閃電邊裝著轉輪邊追KH。

KH向右跑進巷子裡，他伸出左手擦拭剛剛被子彈劃過的傷口上的血，而剛剛那張嘻笑的臉慢慢收了回來，轉變成原來有著冷酷殺氣的樣子。

「還不夠……」KH邊跑邊說。

門口掛著「休息中」牌子的 SICKLE 酒吧，門上的鈴鐺聲響起，一襲白色大衣的男子走進酒吧裡。

「稀客呢！」站在吧檯裡的 Ruse 看著電視，喝了一口紅酒。

「我是聽到風聲才過來的。」King 脫掉白色大衣，坐在吧檯邊。

「什麼樣的風聲？」

「影閃電放話說，要取 KH 的人頭。」

「哦……」Ruse 點了點頭，視線依舊停留在電視上面，然後遞了一杯紅酒給 King，看著 Ruse 這般從容的態度，他笑了笑，無奈的搖搖頭。

「你一定早就知道了吧。」King 喝了一口紅酒。

「知道啊！他在要行動之前來跟我講過了。」

「你賣了影閃電的資料給 KH 了嗎？」

「沒有。」

「那這次你一點都沒有要幫他的意思？」

「他說這是他自己的考驗，如果連這關都過不了，更不用說單槍匹馬殺到美國的 X 夫人那了，不是嗎？」Ruse 轉了過來，對 King 微笑。

「你說去救血腥瑪麗嗎？呵，你好像早就知道我知道這件事了。」

「你說呢？」

「果然什麼事都逃不過你的眼睛。」

「是逃不過我的情報販子，他們很行的，雖然我只光是背那些蒐集來的資料而已，但也是很累了，我都一把年紀了。」

「他們……？」

「如果只有一個，我的資料還會這麼齊全嗎？」

「是情報人員嗎？」

「嗯……不能說他們是情報人員，他們的身分很複雜，不過大家最常給他們一個通稱——偵探。」

「偵探啊……真令我感到好奇。」King 一口飲盡杯中的紅酒，Ruse 又遞了一杯給他。

「呵呵，不過再好奇，也只能問到這裡囉。」Ruse 笑了一下。

「也是，幹這行的，秘密最重要了。」

「你明白就好。對了，難得來要不要嚐一嚐我珍藏的七六年勃艮地？」

「你這裡有這麼稀有的紅酒？」

「當然。」

「那就來一點囉。」

「我去酒窖拿，等我一下吧。」

「好。」

Ruse轉身離開吧檯，King看著他完全消失在視線範圍之後，隨即翻身進到吧檯裡，拉出底下的抽屜，裡面有成堆的牛皮紙袋，而紙袋上都有不同的名字或代號。

翻找了一會兒，King看到一個名字，他小心翼翼的拿起牛皮紙袋，用口袋裡的相機把裡面的每一張資料都拍了下來。

「OK……」King深深的吐了一口氣，慢慢的把資料放回紙袋裡，再把抽屜關上。

「找到了！這瓶酒放得多裡面啊！害我找了半天，真是累了我這副老骨頭唷！」過了一會兒，Ruse拿著酒瓶走了回來，而King則裝作什麼事都沒發生一樣坐在吧檯旁看著電視。

「來。」Ruse擦了擦灰塵，倒了一杯酒給King。

King拿起酒杯，搖了搖，聞了聞，然後小小嚐了一口。

「真是好酒。」King說。

「對吧。」Ruse微笑，然後看了看腳邊的抽屜。

「真是不錯。」注意到Ruse眼神的King，裝作不以為意的又喝了一口紅酒，但他的左手卻緊握著口袋裡的相機。

5

連續的槍聲已經吵醒了附近的住家，在救護車趕到子廷的律師事務所樓下的時候，也引起了群眾的圍觀。

「望月指揮官，影閃電人呢？」子紹在把其他警察送到救護車上之後，帶著他所率領的小隊走到剛下樓的望月面前。

「追著 KH 跑了。」望月說，然後他點了一根香菸，深深的吸了一口。

「KH？他也來了？」

「嗯……」望月吐出濃濃的白霧。

「果然跟指揮官你預料的一樣，這件事情果然跟 KH 有關係，那他們現在呢？」

「不見了，剛剛上頂樓的時候，聽到有人從逃生梯跑下去的聲音，接著聽到幾聲槍響，後來他們就不見人影了。」

「那現在……」

「現在什麼？馬上通報附近各派出所，至少總共調動二十名員警，我要將這附近做地毯式搜查，這次務必要把KH逮捕。」

「是！我馬上去辦。」一子紹轉身跑開，拿出口袋裡的無線電，通知各個單位調動員警。

「我不會讓你輕易的再多殺一條無關的人命……」望月又吸了一口香菸。

KH跑到小巷裡，直接在地上坐了下來，右手中的沙漠之鷹沒有放下來過，他靠在牆邊喘著氣，仔細凝聽和觀察附近的聲響和周圍的一舉一動。

「好痛……」他摸著剛剛被影閃電開槍打中的地方，雖然身上有防彈大衣保護著，但是那種子彈撞擊時的痛楚，還是他從當殺手獵人以來始終無法習慣的一點。

突然間，他聽到一陣陣的腳步聲越來越靠近，他站起身來慢慢的向後退，直到腳步聲的主人出現在他面前。

「KH，你無路可逃了。」把手放在口袋裡的影閃電出現在巷口，這時KH才真真正正的看清楚影閃電的樣子，個子不高的他，全身散發出來的殺氣連殺人無數的自己都感到畏懼三分。

「真有趣，你是我有生以來第四個殺氣強到能讓我感到畏懼的人。」

「第四個？什麼意思？」

「第一個是 Ruse，再來是閻王，接著是 King，最後就是你囉！不過你的殺氣遠遠沒有他們任何一個人來得強呢！」KH 笑了一笑，這時影閃電的眼神卻驟然大變。

「你不許……再拿我跟那個小鬼比較！」瞬間，一顆子彈飛了過來，KH 大步向左一跨，躲掉了這個瞄準頭部的致命一發子彈。

「他的動作……越來越能看得清楚了……果然繼續這樣激怒他是對的。」KH 暗忖。

對於 KH 躲掉這一擊，已經氣昏頭的影閃電並沒有太在意，他只是一發又一發的把子彈擊發，然後迅速的加裝子彈、換轉輪，只是他的動作卻是越來越多破綻，讓 KH 又好幾次躲掉致命的幾發子彈。

雖然還是有幾發子彈沒有躲過，但是防彈大衣給了 KH 極佳的保命空間，讓他遊刃有餘的舉起手中的沙漠之鷹，對準影閃電的致命點開槍。

「什麼？」影閃電一驚，還來不及反應 KH 的動作，臉、心臟部位還有重要的肺部就中了幾發子彈，不過影閃電沒有倒下，除了臉上傷口有流血之外，身上中槍的地方都沒有血冒出來，讓 KH 感到疑惑。

而影閃電只是笑了一笑，慢慢的把西裝脫掉，然後解開襯衫的鈕釦。

「防彈衣？」KH 大驚，沒想到影閃電也穿了防彈衣。

「想不到吧！你以為只有你有保命措施嗎？你還太嫩了，小鬼。」

「可惡！」KH 正想舉起槍扣扳機時，發現彈匣的子彈已經射完了，他緊張的從大衣暗袋拿出彈匣替換，才剛裝好，幾顆子彈馬上就飛了過來，而且是連續且準確的打在他右手臂同一點上，甚至打穿了他的防彈大衣。

「呃啊！」KH 右手中彈爆血，他痛得大叫，手中的沙漠之鷹脫手落地。

「嘖嘖嘖，小鬼，你用這招激怒我，讓我失去冷靜而影響我的速度還有準確度這點的確是高明，我不得不稱讚你的智慧，但是你在使用這個方法的時候破綻太多，反而讓我在緊要關頭恢復冷靜。你知道你犯了什麼錯嗎？」

KH 沒有回答，他一臉痛苦的用左手緊握著右手手臂上的槍傷，然後一邊撕破身上穿的衣服綁住傷口止血。

「你一定不知道吧！讓我來告訴你。」影閃電一邊走近 KH，一邊說：「第一，你以為我對你說 King 那個小鬼超越我這點，我感到很在乎，所以不斷提起他來試圖激怒我，但是你不知道嗎？同一個魔術不能表演兩次給同一個人看，不然是會露出破綻的。」

「呵。」KH低頭笑了笑。

「第二，你剛剛逃跑讓我來追你這點也很高招，會讓我跑得心浮氣躁的，但是你逃的距離太長了，我後半段會為了找你反而開始冷靜下來思考，這點也是你的敗筆。」

「原來如此。」

「第三，也是最後，就是你剛剛開槍打我的時候，沒有一槍就把我的頭打穿，而是大部分都擊中我的防彈衣，而被你擊中的那一瞬間，我才真真正正的明白我剛剛著了你的道。」

「所以說，只要我剛剛只提一次King、跑近一點，還有一槍打爆你的腦袋，我現在就不會這樣坐在地上流血等死囉？」

「可以這麼說。本來中計的是我，中槍的也是我，死的是我，而那個贏的人是你，但是你用錯方法，反而導致我的勝利。」

「呵，沒想到你話也挺多的。」

「偶爾啦，一想到可以殺死你這個殺手公敵，我可是興奮萬分啊！話不由自主的就多了起來。」影閃電走著走著，走到了KH面前，拿出他的左輪，指在KH的頭頂上。

「你還有什麼遺言要說的？」影閃電說。

低著頭，KH微笑了一下，似乎在盤算著什麼。

「指揮官，從附近的派出所調過來的警員共二十二名，已經在待命了。」子紹走向站在騎樓的望月報告。

「很好，加上你跟我還有剛才的兩個五人小隊，重新分成三個十一人小組，第一組由你帶領，從南邊開始巡視；第二組從西邊、第三組從北邊，而東邊我一個人巡視。」

「這……指揮官你一個人嗎？」

「我一個人就夠了，有什麼問題嗎？」

「呃……沒有問題，但是有一點事情想向指揮官報告。」

「什麼事情？」

「剛才聽到警局通報過來，說徐子廷律師一個小時前離開了警局，現在不知去向。」

「什麼？」

「要派遣警力過去找嗎？」

「嗯，派六名警力在警局附近尋找，然後等等我們巡視的時候也要多加注意有沒有見到他，現在對時。」

望月一說完，所有警察拿出手錶對時。

「現在是早上六點十五分，預計三十分鐘回到這邊會合，如果發現KH、影閃電還有徐子廷律師，立即用無線電通報，行動。」

「是！」所有警員齊聲。

「我一直在等待這個時機……」KH小聲的說。

「你說什麼？」影閃電湊近KH。

「我說，我目的不是在激怒你，而是在等待你自大鬆懈的時機。」接著一個反光，KH的兩把隨身小刀深深的插進影閃電的右手，影閃電吃痛，手一鬆，左輪應聲落地。

「啊！」影閃電痛得大叫，這時候KH抓起地上的沙漠之鷹，對著毫無防備的影閃電一陣狂轟亂打，幾聲槍響之後，連影閃電的身上穿的防彈衣都被打穿，流出汩汩鮮血。

影閃電倒地，而KH長長的吐了一口氣。

「終於贏了……」KH拿出大衣內袋裡的香菸盒，抽了一根香菸出來點火，才吸了一口，他發現身後有一個人走近他。

「是誰？」KH抓起沙漠之鷹向後一指，但他沒想到走來的人是子廷。

「凱浩……」子廷慢慢走了過來。

「你早就已經知道了？」

「嗯，我報警那天，是望月警官告訴我的。」

「很好。」KH慢慢的爬起身，準備離開。

「凱浩！」

「正如你所看到的，你所聽到的，我就是一個殘酷的殺人犯，一個罪無可赦的人。」

「但我知道你是為了復仇。」

「沒錯……這點你說對了，我是為了復仇，所以我仇人很多，甚至遍佈全世界，只要跟我牽扯上關係的話，就一定會招惹上殺身之禍，這次就是一個最好的例子。」

「你總不能就這樣一個人自顧自的走在黑暗的路上，你總有一天要回頭的，你需要的是朋友。」子廷說。

「別傻了，跟我當朋友只是在找死而已，你走吧！忘記劉凱浩這個人。」KH 慢慢轉身，朝著影閃電躺著的地方反方向離開。「因為，他已經死了，現在站在這裡的，是黑暗的復仇使者，殺手獵人 KH。」

「……」子廷沒有再說過話，只是低著頭。

而 KH 正準備繞過子廷繼續走的時候，在他身後的影閃電卻在這時候搖搖晃晃的爬起身來，撿起地上的槍，對準背對著他的 KH。

「我怎麼……怎麼可能……死在你這……小鬼的手上……」影閃電扣下扳機，子彈擊發，等到 KH 聽到槍聲時，身體已經來不及反應了。

KH 瞪大眼睛，這時候子廷大步向前一跨，硬是幫 KH 擋下了這一發致命的子彈，鮮血迸流。

「子廷！」KH 接住中彈的子廷，看著腹部中彈血流不停的子廷虛弱的昏了過去，KH 簡直不敢相信。

「該……死……嗚哇！」影閃電吐出一大口血，才真正倒了下來，成為一具漸漸冰冷的屍體。

「子廷！振作一點！」KH不停喊叫子廷的名字，並且壓住子廷的傷口，阻止傷口繼續流血，這時候望月從巷子另一邊跑了過來，看到抱著子廷的KH。

「劉凱浩！我以殺人現行犯和連續殺人罪的罪名逮捕你！」望月替KH上手銬，然後把子廷抱開，且通報其他員警過來。

「請幫我叫救護車好嗎？」KH說。

「放心，剛才我們有幾個同仁受傷，救護車早就在這附近待命了，馬上就會過來，他不會有事的。」望月拍拍KH的肩膀說。

「謝謝……」KH緩緩坐落在地上，這時遠方傳來救護車的警笛聲……

6

「什麼？抓到KH了？真的嗎？」

「好像是剛剛望月昌介那個小日本帶回來的那個穿黑衣服的小夥子。」

「這麼年輕？我還以為KH是那種長得很可怕的壯漢勒！」

「就是啊！真是人不可貌相哦！」

一大早，待在刑事局的刑警們竊竊私語的，因為 KH 被抓回來這種事可不是這麼容易令人相信的，而且也令人非常震驚。

一方面，刑事局樓上的 ETDK 總部，望月把所有人都趕到會議室外，而他一個人待在會議室裡，和 KH 一起。

「你是要問我的筆錄嗎？」KH 把上了手銬的雙手放在桌上，看著望月。

「我看起來像是有帶筆的樣子嗎？」望月攤開了手，也讓 KH 看了看空無一物的桌上。

「那你就是要在這邊殺了我囉？」

「我也沒帶槍進來。」

「那你想幹什麼？」KH 不悅的說。

「我在想要怎麼放你走。」望月摸了摸下巴。

「什麼？」KH 不敢相信的說：「你抓我來又要把我放走，你腦袋是不是有問題啊？」

「當然不是單純的放你走，有交換條件。」望月拿出菸盒，點了根菸。

「你不是警察嗎？這種話你講得出口？」

「反正我跟台灣警方沒什麼利益上的關係，我抓不到你，遲早我就得回日本去，但是如果你能幫我為日本警方在國際上立一個大功，我就可以放你走。」望月吸了一口香菸。

「鑰匙。」KH伸出被銬住的雙手，望月笑了一下，將口袋裡的鑰匙掏出來丟給KH。

「很有意思。」KH用鑰匙把手銬打開，往旁邊一丟，點了一根香菸，說：「你想怎麼樣？說吧。」

「現在到底是怎麼樣了啊？」站在門外把耳朵貼在門上的刑警說。

「指揮官有他的考量吧，大家等一會兒。」子紹坐在自己的桌子上，喝著咖啡，眼睛卻不停的盯著會議室的門看。

「有聲音！有聲音！有人在走路的聲音！」把耳朵貼在門上的刑警大叫，不一會兒，門被望月打開，他沒注意到的就直接摔進會議室裡。

「你在幹什麼？」望月問。

「呃……關心情況，KH呢？」他探頭進去瞄著會議室裡，看到KH的雙手插在口袋裡面，對他笑了笑。

他瞪大了眼睛，直到望月和 KH 一起走了出來，大家眼睛都瞪得老大，尤其是子紹，完全不敢相信眼前所看到的。

「指揮官，這是？」子紹猛地站了起來，手中拿著的咖啡差點沒直接掉到地上。

「抓錯人了，他不是 KH。」望月對大家說。

總部裡傳出一陣陣驚呼聲，但是曾經真正與 KH 在西門町大混戰裡打過照面的子紹不發一語，只是直盯著 KH 看。

「沒事我先走了。」KH 轉身就想離開，手卻一瞬間被子紹抓住。

兩人對看沒有說話，相對於子紹的憤怒，KH 笑得很從容，但是子紹卻一點都沒有要放開 KH 的意思。

這時望月出手把子紹的手拿開，然後對子紹意有所指的搖搖頭。

「指揮官……」

「讓他走。」望月小聲的說。

子紹用力的甩開了手，而 KH 只是對他又笑了一笑，轉身離開了 ETDK 的總部。

「跟我進來。」望月在子紹耳邊說完之後，走進辦公室。

「是嗎？我知道了。」Ruse 將電話掛上。

「發生了什麼事情？」King 喝完一杯紅酒之後，問著 Ruse。

「剛剛 KH 被 ETDK 給抓到了。」

「是嗎？」King 看似冷靜，眼皮卻明顯震了一下。「那表示他勝過影閃電了，只是被那些條子撿到便宜。」

「但是又被放出來了，是望月昌介放他的。」

「是你搞的鬼嗎？」

Ruse 笑了笑，搖搖頭說：「他，越來越聰明了，知道怎麼跟警察打交道。」

「或許是天生的獵人也說不定。」King 說。

「嗯……」Ruse 又倒了一杯酒給自己。

「移民？」子紹驚訝。

「跟我回日本吧！我想帶你進入國際刑警組織『ICPO』。」

「這……」

「你是孤兒，只要我收你為養子，你辦移民就會很容易，到日本之後，我們一同努力，再把 KH 抓回來。」

「為什麼要這麼做？如果要抓的話，剛剛為什麼把他放走？」子紹不能苟同的對望月說，但望月只是一派輕鬆抽著香菸。

「如果你釣到一條魚，而那條魚可以再次放進水中吸引另一條更大條的魚，你會選擇直接把那條魚帶回家煮來吃，還是等待時間抓兩條魚一起吃？」

「你的意思是……KH 是誘餌？」

「可以說是工具，一個本身就很有價值的工具。」望月吸了一口菸，說：「這是我放走他的交換條件，但是我也跟他說了，我還是會想辦法抓他回來。」

聽到望月講的這番話，不知道為什麼的，子紹的胸口越來越熱了起來，一種既可怕又深謀遠慮的計畫，而這種計畫自己竟然有幸參與其中。

「子紹赴湯蹈火！」

「很好。」望月得意的笑。

因為傷重的關係，KH 又在台北多待了一個禮拜，這段期間他不斷跟 Ruse 討論到美國的行動，同時這段時間也發生了不少事。

「我都聽說了，King 在執行任務的時候，因為現場爆竹工廠大爆炸，現在他還生死未卜吧。」KH 抽著香菸說。

「八成是死了，連同他要去殺的爆竹公司老闆，都被炸成碎片，我看他也凶多吉少。」

「沒想到他竟然會死在這麼愚蠢的意外之下。」

「世事難預料，你到美國也要小心一點。」Ruse 遞了一杯啤酒給 KH。

「我知道。」

「還有你也應該知道了吧！ETDK 解散的事情。」

「嗯，望月昌介那小子把我放走之後，隔天就宣布解散 ETDK，而且他也要回日本去了，不知道在搞什麼鬼。」KH 一口飲進杯子裡的啤酒，接著吐出好長的一口氣。

「可能是滿足了他的虛榮心了吧！至少他有抓過你。」

「我只是怕他葫蘆裡不知道在賣什麼藥。」KH 熄了香菸，拿起了大衣，然後把沙漠之鷹放在吧檯上。「這個就拜託你了。」

「你幾點的飛機？」Ruse 問。

「還有兩個多小時，我現在從這邊開車去還綽綽有餘。」

「小心一點。」

「我知道，再見了，臭老頭。」KH 走向門口。

「保重。」

門口的鈴鐺聲響起，KH 走上樓梯離開。

7

兩個小時後，桃園國際機場。

「各位旅客午安，歡迎搭乘中華航空下午四點三十分前往洛杉磯的班機，我們現在開始登機……」

站在機場內，KH 看著手中的護照和簽證，準備登機，這時候響起另一架前往成田機場班機的廣播，他望向廣播的方向看著那邊的登機口，兩個很熟悉的人影站在那邊看著自己。

望月手交叉放在胸前，似笑非笑的，子紹則是不屑的看著 KH。

「很巧呢。」KH 說。

「砰！」再一次的機場廣播響起，KH 伸出右手食指和大拇指對他們做出開槍的動作，然後笑著走進登機口。

⊕

紐西蘭首都，威靈頓。

不同於城市街道上的喧囂，在這大城市的地底下有著令人窒息的黑暗，就像有光亮必定有影子存在，而這裡就是令國際刑警組織 ICPO 最頭痛的國際黑道聯盟，「HELL」的所在地。

將近三百坪的幽暗空間，擠滿了一萬多個殺氣騰騰的人，個個看上去凶神惡煞，絕非善類。

這裡的龍頭，不是惡名昭彰的黑手黨、不是美國黑道，更不是日本的極道組織，在這裡他們只能算是成員之一，而現在這些組織的龍頭老大，包括艾伯特・傑斯在內，全部都只能坐在底下的座位上，等待真正王者的出現。

「HELL」的王者，有個最適合他的稱呼，Satan。

沒有討論聲，他們連呼吸都放得很輕，對他們來說，一生能有幸見到 Satan，表示自己已經爬到自己國家的黑道排名前幾名，在世界上也是數一數二的黑道組織。

大家屏息以待，直到眼前的大門被打開。

一個男人，全身得霸氣凜然，像是一股可怕的黑氣化為實體，哽住了那些第一次見到 Satan 的黑道人物的喉嚨，連呼吸都變得很困難。

傑斯很從容，因為他已經見過 Satan 數次了。

Satan 臉上戴著一面半臉鐵面具，身高至少在一百九十公分以上的他因為不凡的氣勢讓他看起來更為高大，硬是把在場的其他人給比了下去。

「歡迎大家來到地獄。」Satan 的聲音，彷彿可以震動空氣。

黑暗之王，駕臨。

閃耀銀豹，殺手獵人銀之章

1

美國洛杉磯國際機場，機場大門口外。

相對於其他穿著樸素的觀光客，KH 身上的那件黑色大衣實在是眾所矚目的焦點，即使他已經試圖裝出一副很沒有殺氣的樣子，但大家經過他時還是免不了多看了他幾眼。

「已經中午啦？」看了看手錶，KH 從口袋裡拿出剛才在免稅店裡買的，還沒拆封的 Marlboro 香菸，撕開包裝，然後直接點了起來。

「Excuse me, sir.」就在 KH 才剛吐出第一口渾濁白煙的同時，一個航警走了過來，示意 KH 把手中的香菸熄掉，並且給了他一個口頭警告。

「No smoking here .」然後航警指著他身後的禁菸牌子。

「OK !OK !」然後 KH 把菸盒塞進大衣口袋裡，轉身招了輛計程車。

「Could I smoke in the car ?」KH 把副駕駛座的門打開，然後拿著一張百元美鈔在司機前晃阿晃的。

「Sure .」司機把那張鈔票收進口袋裡，對 KH 挑了一下眉。

上了車，KH 隨即點起了香菸，接著車子經過剛才阻止他抽菸的航警前面的時候，KH 對他比了個中指，而且把白煙吐在他臉上。

「Hey !」航警大驚，踉蹌的向後退了幾步，差一點沒有直接跌倒在地上。

而副駕駛座不斷冒著白煙的計程車，就這樣大搖大擺的駛離了機場。

計程車繼續在街道上駛著，而沒有來過洛杉磯的 KH 像個鄉下土包子一樣不斷的想把頭探出窗外看，這樣的動作卻惹來司機的一陣笑。

「笑什麼？」KH 說。

計程車司機不可思議的看著背對著他的 KH。

「我知道你會說中文，也聽得懂我在說什麼，你是特地來等我的吧！」視線依舊留在窗外的 KH 用肯定的語氣說出這個問句。

司機笑了一下，然後用著女性般纖細的嗓音說：「聰明，你怎麼知道的？」

「剛才我站在機場大門口十分鐘，只有你這一輛計程車沒有移動過，直到我靠近路邊要招計程車的時候，你突然急快的開了過來要讓我上車，難道這還不可疑嗎？」

KH 繼續抽著菸，然後轉過來看了他一眼。

「就憑這點？好像有點薄弱呢！」

「還有，你太安靜了，通常計程車司機都很囉唆的，哪一國都一樣。」

「我只是不喜歡在開車的時候說話，還有呢？」

「你當我這個殺手獵人是幹假的啊？你身上的殺氣騙得了我嗎？」KH 彈掉菸灰，笑了一下。

「果然只要是殺手都瞞不住你呢。」司機撕下戴在臉上的易容面具，露出一張女人的面貌。

「長得挺漂亮的，怎麼稱呼？」隨便瞥了她一眼，KH 將香菸熄在車內的菸灰缸裡。

「萬相。」

「是 Ruse 要妳來的？」

「對，叫我帶你去拿傢伙。」

「去哪裡拿？」KH 又抽出一根香菸，點了起來。

「墨西哥。」

「什麼？」KH嚇了一跳，香菸差點掉了下去。「不會是要現在從這裡開車去吧？」

KH雖然沒有來過美國，但洛杉磯距離墨西哥多遠他自己是知道的，如果要從這裡開車過去，KH自己可能會坐車坐到發瘋。

「不是，現在是要先載你去飯店，晚上帶你去見一個人。」

「誰？」

「見到之後你就知道了。」萬相嫵媚的嘴角上揚，而這張臉讓KH覺得眼熟，直到從後照鏡裡看清楚了萬相的臉之後，KH白了她一眼。

「妳這樣會嚇到旁邊的路人。」KH吸了一口香菸。

「為什麼？」萬相挑了挑眉，笑著繼續開車，這時候KH隱約從疾駛的車子車窗外，聽到外頭的人群驚呼。

「Lady GAGA is driving the Taxi !」

「妳看吧！」KH攤手。

「哇！好舒服！」KH舒服的一頭栽在飯店房間的彈簧床上，完全不管萬相還在旁邊。

萬相在下車之前又再換了一個容貌，這次是一個白人女子，應該是個美國人，不過不管她換過幾個面貌，KH知道她始終不會把自己真的臉給露出來，攤在別人的面前。

因為她始終給KH一種，極強的自我保護感。

「這就是你今晚暫時的住所了，晚餐時間我會過來接你。」萬相看了看手錶，時間是下午一點二分。

然後萬相丟了一個皮製背包給KH，KH打開之後，裡面滿滿是他所訂做的隨身小刀。

「現在台灣是幾點？」KH端詳著袋內的小刀，然後一把一把的放進大衣口袋內特製的凹槽裡。

「比這邊晚一天，十月二十五號的凌晨五點左右。」

「難怪我這麼想睡覺，好吧！妳先離開吧，讓我多睡一會兒。」

「好，我知道了。」萬相離開房間，把門帶上。

萬相甫一離開，KH立即從床上彈了起來，然後從大衣口袋裡拿出一只信封，紫金色的銅版紙做的信封，背面是用蠟印所封起來的，而蠟印上的骷髏圖騰中央，有著一個「S」字樣。

方才 KH 剛下飛機的時候，剛走出出境口，正想找大門在哪裡的時候，一個全身一襲黑色西裝的華裔男子朝著他走了過來。

「你是……」

男子沒有說話，只是從口袋裡拿出一只紫金色的信封，交給 KH 之後就轉身離開了。

滿腹疑問的 KH 看了看信封的外表，既沒有指名誰收的，送信的人也酷得要死，完全搞不懂這封信給他的用意。

不過 KH 還是先把信收進大衣口袋裡，然後繼續找著機場大門的方向。

「裝神弄鬼的……」坐在床上的 KH 把信封打開，裡面是更為高級的燙金邊邀請函，但如此華麗的邀請函上僅僅寫了幾行字：

Dear KH：

Welcome to HELL.

Satan

「搞不清楚他想幹嘛，真是莫名其妙……」即使嘴上這麼說，但是KH還是小心翼翼的拿出小刀把蠟印割了下來，拿出手機拍了照片，連同折成兩折的信封和邀請函，一起放在口袋裡。

另一方面，加州拉斯維加斯賭城，凱撒皇宮酒店裡。

一個穿著黑色西裝，身上還套著一襲黑色長大衣，看上去二十歲出頭的少年，獨自坐在房間的沙發上抽著雪茄，右手上拿著一張黑底白字、類似名片的卡片把玩著。

「路西法主人，KH今天中午已經抵達洛杉磯，今晚就會過來了。」一個穿著黑色套裝的冷豔女子開了房間的門，恭敬的對路西法報告。

「幾點到？」路西法頭抬也不抬的回答。

「預計晚間九點。」

「嗯，妳先出去吧。八點的時候再過來叫醒我。」說完路西法將雪茄熄在菸灰缸裡，起身走向臥房。

「是。」女子恭敬的鞠了個躬，轉身將門帶上。

路西法走著，不停的旋轉手中的卡片，黑色為底，白色像K又不像K的符號印在上面。

他輕笑了一聲，將卡片隨手向後一射，卡片在旋轉幾圈之後，其中一角直接嵌進了牆壁上的標靶紅心正中央。

「Killer Hunter……我可是很期待見到你的呢……」

嘴角微微上揚，路西法身上陰冷的氣息幾乎凝結了周圍的空氣，他揮動起長大衣，進了臥房，然後將臥房的門關上。

2

「妳要去哪裡啊？」躺在快速行駛的奧迪A4敞篷車的副駕駛座上，KH把玩著手中的隨身小刀，看起來還稍微有點睡意。

「拉斯維加斯。」萬相頭也不回的說。

「不是帶我去找人？這麼快就想賭幾把了啊？」把刀收進口袋裡，KH拿出菸盒點了根香菸。

「他人在拉斯維加斯裡。」

「這麼大牌啊？哪位啊？」KH不屑的啐了一句，繼續抽著他的菸。

「見到了之後，你就知道了。」

「少來了，真是有夠愛裝模作樣，我倒是要看看他有沒有這個資格在我面前裝模作樣的。」隨手一彈，才抽了一半的香菸被KH彈出車窗外，落在道路旁的沙漠裡，他接著又點了一根香菸。

「還有多久才會到？」KH問。

「大概還要四個小時。」

「呼啊！」他打了個哈欠，伸伸懶腰，說：「到了叫我，我先睡一下。」

萬相瞥了他一眼，然後把他還夾在手指間的香菸丟出車外。

夜晚的沙漠道路上，反常的只有一輛奧迪行駛著，隨著越夜越添涼意的沙漠，奧迪的車燈亮光和引擎聲漸漸的沒入黑暗中。

「到了。」車子停在凱撒皇宮前，被叫醒的KH迷糊的將右手食指和中指放到嘴邊，才發現自己手中的香菸早就不見了。

車頂。

「真是的，睡迷糊了……」拿出菸盒，KH又點了一根香菸，看著已經關上的敞篷

「剛剛有沙塵爆，所以我把車頂關上了。」

「喔，其實妳不用特地跟我解釋，不過……這裡是哪裡？」

「拉斯維加斯，凱撒皇宮。」萬相指著車窗外那棟富麗堂皇的建築說。

「哇塞！真是有夠壯觀，在台灣可看不到呢！」KH開了車門走了出去，讚嘆的看著眼前這不凡的建築，的確只有在賭城拉斯維加斯才有的特有建築。

「名副其實的皇宮。」靠在車子旁的KH叼著香菸，然後他低頭看了一眼還在車子裡坐得很安穩的萬相。

「我不進去。」萬相說。

「為什麼？」

「因為他指名要見的人是你不是我。」萬相從上衣口袋裡拿出了一張金色的卡片，交給KH。「把這個交給櫃檯的接待人員，他們會帶你去找他。」

「就這樣？」KH接過卡片。

「對，就這樣。」

「嗯……好吧！」吸了一口菸，KH吐出渾濁的白霧，然後伸手將菸熄在車子裡的

菸灰缸上。

「我進去了，妳什麼時候來接我？」

「這個。」萬相拿出一張紙，在紙上寫了一串數字，並且將一支手機連同那張寫了數字的紙交給KH。

「我的電話、給你用的手機，結束了再打給我。」說完她發動了車子準備離去。

「喂！等等！」KH叫住她。

萬相轉頭看著KH，KH也搔著頭看著她。

「嗯？」萬相疑惑的看著他。

「我一直很想問妳，妳幹嘛這麼酷啊？我看過的其他女殺手都比妳話還要多很多。」

「我只是不喜歡跟你講話。」萬相瞥了KH一眼。

「哦！我還以為妳跟我有仇，想殺我勒！哈哈哈！」說完KH轉身離開，對萬相揮了揮手。

奧迪A4的引擎聲漸漸消失，這時KH回頭看了一眼車子的車尾燈，喃喃自語。

「我的長相看起來有這麼討人厭嗎？」

搓了搓下巴，KH聳聳肩，繼續往凱撒皇宮裡走去。

「這邊請。」接待人員在看了 KH 手上的金色卡片之後，用著流利的中文引領 KH 走到電梯前。

「幾樓？」KH 隨口問。

「頂樓。」

「喔。」KH 把手插進口袋裡，看著電梯上面跳動的數字。

出了電梯，接待人員把 KH 帶到走廊最裡面的房間外，然後對 KH 說：「就是這一間了。」

「小費？」KH 從口袋掏出一張百元美鈔，心想在這裡工作的人，收的小費應該也要很多吧。

接待人員把 KH 的手輕輕推了回去，笑著搖了搖頭就轉身朝原路走回去。

「有錢也不要，嫌太少啊？沒關係，我省了。」KH 把鈔票塞進口袋，轉向房間大門。

這時門剛好被打開，一名穿著黑色套裝的女子出來迎接 KH。

「大人已經等你很久了，請進。」女子說。

「那我先下去了。」接待人員對女子說。

KH 走進門內，女子把門帶上。

「您好，我的名字叫做莉莉絲，是大人的隨身護衛。」在引領KH進入房間的時候，莉莉絲對他自我介紹。

「我需要自我介紹嗎？」KH開玩笑的說。

「閣下的名字已經如雷貫耳了。」

「那就是不用囉？太好了。」

「呵。」莉莉絲嫵媚的笑了一笑，此時的KH在他眼中看來不像傳說中的如此可怕，甚至感覺不出任何殺手的殺氣。

但是事實卻不是這樣，KH非常了解，一個優秀的獵人在暗處搜尋獵物、盯上獵物，直到最後捕捉到獵物之前，必須完完全全隱藏住自己的殺氣，這是以免打草驚蛇，也是為了自己不反被獵物給盯上的最好做法。

於是在漫長的殺手獵人生涯中，KH早就已經學會如何完美的隱藏住自己的殺氣，即使在平常沒有接到任何任務的時候，KH也盡可能讓自己不僅外表像普通人，連身上的氣息也要像個普通人。

「KH，久仰大名。」路西法端坐在房間最裡面的辦公桌前抽著雪茄，一雙冷冽且深不見底、看不出任何情緒波動的雙眼，直盯著KH看。

而他嘴角露出的一抹微笑，加上及肩的黑長髮反襯出他死白的膚色，全身散發出來的氣息就有如冰窖一般陰寒。

看到如此挑釁的路西法，KH輕笑了一下，隱藏住的獵人之瞳恢復原本的兇狠，殺氣在這一瞬間也迸發而出。

這時站在兩人中間的莉莉絲從容的樣子已經不再，取而代之的，是她還死命撐住的僵硬笑容。只是她那全身冷汗直流、手腳不自覺顫抖的樣子，已經充分讓人了解到她有多麼害怕眼前這光用殺氣對峙的場面了。

此時他眼前的KH，已經不是剛才那嘻皮笑臉的少年，而是一個佈滿強大殺氣的黑暗狂獸。

「莉莉絲。」路西法開口喚起莉莉絲，莉莉絲還一時反應不過來的呆站在旁邊盯著對峙中的兩人看。

「莉莉絲！」路西法加重口氣，雖然他的臉沒有一些明顯的表情變化，但KH已經發覺到路西法在自己與他認真對峙的情況下，已經不再從容了。

「嗯？」莉莉絲一回神，驚慌的向路西法行了個禮。「路西法大人。」

「妳先下去吧。」路西法說。

「是，屬下先離開了。」語畢，莉莉絲半彎著腰，正面對著路西法向後退，直到她的身體漸漸隱沒在房間的另一頭。

留在辦公桌前後兩邊的路西法和 KH 兩人，沒有再說任何一句話，直到房間的門被關上之後。

「請坐。」路西法伸出右手，五指併攏。

KH 走到路西法對面坐下，然後從大衣口袋裡拿出他的菸盒和打火機，拿在手上對著路西法晃啊晃的。

「可以抽菸吧？」KH 問。

路西法沒有說話，只是把他夾在左手食指和中指之間的雪茄舉起來給 KH 看。

「那就是可以了。」他拿出一根香菸，叼在嘴巴上，然後點了火。

「你好像還不知道我叫什麼名字。」路西法把放在桌上冰桶裡的紅酒拿了起來，倒了兩杯酒，把其中一杯遞給 KH。「這是八二年的勃艮地，你嚐嚐看味道如何。」

「名字……你想告訴我的時候自然就會說了，不是嗎？」KH 接過高腳杯，搖了搖杯身，喝了一小口，濃濃的酒香伴隨著其陳年紅酒的香醇，充斥在他的鼻腔、口腔，還有喉嚨裡。

「其實我對紅酒不太了解，不過這瓶酒喝起來很順口。」KH 放下了高腳杯，又抽了一口香菸。

「我叫路西法。」

「幸會。」KH說，吐出渾濁的白霧。

黑暗的房間中，唯一亮著的辦公桌前，兩人相對、相望，空氣慢慢凝結著，令人窒息……

3

人來人往的第五大道、坐落在自由島上的自由女神像、五光十色的百老匯，還有高聳入雲的帝國大廈，這裡是美國最大的城市，紐約。

但是，即使光彩炫目如紐約這般的大城市裡面，還是會有其影子的存在，也就是紐約的地下黑暗世界。

這裡有著紐約最大的影子盤據著，即是現在與全世界三大殺手集團異界、Ruse這兩個勢力對等制衡存在的蛇蠍殺手集團，X夫人。

X夫人裡清一色都是女性殺手，她們最擅長的手法，就是利用男人最顯而易見的弱點，色慾，藉以捕捉到她們的獵物。

而KH最想找到的殺手，代號「血腥瑪麗」的鬼塚紅蓮，就是在X夫人總指揮的麾下。

「上個月我叫妳去加拿大的那個任務，辦得怎麼樣了？」X夫人坐在貴婦椅上，面對著眼前的一大片落地窗，一邊看著窗外紐約市的夜景，一邊抽著她的細菸斗。

「一切都很順利，我殺了那個警察之後，在他的胸前用刀子刻上『X'M』的字樣，我想酬勞很快就會匯過來了。」

「嗯，做得很好，Mary。」X夫人吸了一口菸斗。

「這是我應該做的。」紅蓮點了點頭，轉身準備離開房間。「沒有其他事的話，那我先下去了。」

「等等。」X夫人叫住紅蓮。

「有什麼事嗎？Madam？」她轉過頭來。

「我收到消息，聽說KH已經到美國來了。」X夫人嘴巴離開了她手中的細菸斗，看著紅蓮說。

「KH？為什麼？」紅蓮一驚。

自從幾個月前在台灣跟 KH 一會之後，自己一直很介意 KH 這個人的存在，還有他所知道的內幕。

為什麼 KH 會有哥哥的皮夾？為什麼 KH 知道自己真正的名字？KH 跟哥哥的關係是什麼？KH 知不知道哥哥的死因？

雖然一切的一切，在剛加入 X 夫人的時候，夫人說會為她解答，但是進來四年多了，卻連一點消息都沒有。

這點讓擔任血腥瑪麗這名殺手已久的紅蓮感到非常焦慮，也加速了她想要再一次見見 KH，向他把事情問個一清二楚。

五年多以前，日本東京。

當時還是高中生的鬼塚紅蓮正常的上下課，下課之後的晚上，也是一如往常的到蛋糕專賣店做打工的工作。

紅蓮還在襁褓的時候，父母親離異，大她七歲的哥哥鬼塚和延被父親帶走，而自已則是跟母親住在一起。

在她上初中的時候，紅蓮從她母親家的親戚口中聽到了父親的死訊，母親也帶著她一起去參加父親的葬禮，這是她出生以來，第一次真正見到幾乎沒見過面的哥哥。

「我才不要。」當時留著短髮，皮膚黝黑且高大壯碩的鬼塚和延，毅然決然的拒絕和母親住在一起，父親的葬禮辦完之後，他也離開了父親死後所寄住的叔叔家，失去所有音訊，誰都無法聯絡到他。

除了紅蓮。

從初中二年級去參加父親葬禮到現在，已經過了兩年，剛從蛋糕店下班的紅蓮在單車上，朝著回家的方向騎去。

突然間，黑暗中一道巨大的槍聲響起，在巷弄之間，槍聲的回音迴盪不去，紅蓮被嚇退的從單車上跌了下來。

接著是一陣陣的腳步聲從剛才槍聲傳來的方向漸漸逼近，紅蓮硬吞了口口水，顫抖的看著那團黑暗，以及黑暗中的腳步聲。

接著是一個人影走了出來，那人黝黑的皮膚、高大壯碩的身形，一頭如尖刺的黑短髮，這時跌在地上的紅蓮已經忘了害怕，因為眼前的人，正是他的哥哥鬼塚和延。

「你抽菸？」兩人坐在離剛剛的街道有一段距離的公園長椅上，鬼塚拿出他放在上衣口袋裡的 Marlboro 香菸，點了起來。

「抽了一陣子了。」鬼塚吐出濃濃的白霧。

「剛剛那個是……」紅蓮低頭看著剛才從店裡拿出來，沒有因為跌倒被摔爛的蛋糕，咬了一口。

「槍聲，我現在是殺手。」

「殺手？」紅蓮瞪大了眼睛，正在吃著蛋糕的嘴巴也停了下來。

「對，殺手。」

「為什麼……」

「為了某些原因，所以我必須走進這個弱肉強食的世界。」

「……」紅蓮沒有再說過話，即使他對鬼塚目前的生活感到恐懼，也感到不解，為何自己的哥哥會走上殺人過活這條路。

「媽媽呢？還在東京嗎？」鬼塚在吸了最後一口香菸之後，問著紅蓮。

「回大阪鄉下了，我現在一個人住在東京。」

「半工半讀？」

「嗯。」

「有手機嗎？給我一下。」

紅蓮把自己的手機拿給鬼塚，鬼塚接了過去，輸入了一串號碼。

鬼塚把手機遞還給紅蓮，說：「這是我的手機號碼還有 mail 帳號，妳現在一個人住，遇到什麼問題的話就打給我或是傳 mail 聯絡我。」

說完鬼塚起身要走，紅蓮叫住了他，把另一盒蛋糕從包包裡拿了出來，放在他的手上。

「這是我自己做的，你吃吃看。」紅蓮說。

「嗯，我想一定會很好吃的。」鬼塚笑了笑，轉身離開了公園。

看著鬼塚離去的背影，對於這既陌生又熟悉的哥哥，紅蓮心裡萌生了一股暖意，無論鬼塚和延做的是什麼可怕的職業，他還是自己心裡所認為的那個唯一的哥哥，是無可取代的。

想著想著，紅蓮也離開了公園，這時從旁邊的樹叢走出了一個留著長髮，穿著斗篷的詭異男子，他看著紅蓮離去的身影，露出了嘴角幾乎裂到雙耳的可怕笑容。

「遊戲才剛剛開始呢！咿哈哈哈哈哈！」揮動斗篷，他消失在公園幽暗燈光下的層層影子中。

拿到鬼塚電話號碼和 mail 帳號的紅蓮，每天至少會跟鬼塚聯絡一次，兩人有空閒的時候也會一起到東京街頭逛逛，兄妹倆的感情越來越好。

「哥，你看你吃成這樣。」紅蓮拿面紙拭去鬼塚臉上的冰淇淋。

「哈哈哈！抱歉抱歉！」鬼塚大笑。

一天，鬼塚一個人獨自坐在河堤旁，打開自己的皮夾，看著裡面的一個女人照片。照片裡的女人長得嫵媚，一雙奪魂攝魄的眼神風情萬種，奇怪的是照片裡的她卻連一點笑容都沒有。

「Lily……」鬼塚閉上眼睛，嘆了口氣，把照片從皮夾裡拿了出來，用打火機把照片燒掉。

看著照片慢慢燒成灰燼，鐵漢的雙眼流出兩滴滾燙的眼淚，他苦笑，然後從襯衫上的口袋裡拿出紅蓮穿著高中制服的照片，放進了皮夾裡，取代了原本那嫵媚女人照片的位置。

這時鬼塚褲子口袋裡的手機響了起來，他拿出來一看，是紅蓮打來的。

「哥，你看起來心情不太好。」紅蓮看著坐在旁邊抽著香菸的鬼塚說。

「嗯……有點事，明天之後可能暫時沒有辦法跟妳見面了。」鬼塚深深吸了一口香菸，然後一圈一圈的吐著煙圈。

「為什麼？」紅蓮放下咬在嘴巴上的吸管，驚訝的看著鬼塚。

「有一個殺手從台灣來了，從明天開始，我必須跟他合作至少一年，直到我和他被派遣的三十個任務順利完成。」

「很危險嗎？」

「所有的任務都很危險，所以我如果跟妳繼續見面的話，妳很有可能會遭遇到不測。」鬼塚吸進最後一口香菸，然後把菸蒂向遠方一彈。「我不想看到這種事情發生。」

「……」紅蓮沒再說過話，這時兩人之間歡笑的互動已經不再，取而代之的是一片靜默。

淚，無盡的從紅蓮眼眶流出。路，是鬼塚走入的黑暗未來。

誰也想不到，這次分別，卻是兄妹兩人的永別。

長長的吐出一口渾濁的白霧，站在陽台邊的紅蓮面對著紐約市的街景，卻流出了一滴好久不見的淚珠。

手中緊握著從KH手中拿來的皮夾，裡頭自己已經泛黃的照片笑得好開心，那樣無憂無慮的過去，她寧願奉獻出一切來換回。

這時她腦中回想起剛才X夫人說的，KH已經來到美國的事情。

「一定要再見他一面，把事情弄清楚。」紅蓮暗忖。

細長的白色香菸在紐約的深夜裡燃燒著火光，而吐出濃濃白霧的紅唇的主人，心，隨夜風飄蕩著，卻也那麼不平靜。

4

「你到底找我來做什麼？」又抽完一根香菸的KH不耐煩的問。

兩人面對面坐著已經有一段時間了，除了兩人一直長久互相對峙的殺氣之外，沒有任何一點互動，路西法抽著他的雪茄，KH抽著他的香菸。

對這種場面很感冒的KH待得越久，越覺得不耐煩，尤其看到對面路西法在這種無聊又安靜的場面下一點心情的浮動都沒有，甚至沒有要找自己講話的意圖，他實在是快要忍受不了了。

「殺手獵人果然就是殺手獵人，跟傳說中的一樣火氣很大。」路西法輕輕笑了一下，把雪茄放在菸灰缸上。

「你是找我來消遣我的嗎？」面對路西法言語上的挑釁，KH很沉不住氣，他非常不高興的把手伸進大衣口袋裡，拿出那封邀請函，還有那個被他割下來的蠟印，丟到路西法面前。

「這是你的吧！」KH指著那封邀請函說。

路西法疑惑了一下，伸手把那封邀請函和蠟印拿了起來，看了看，臉色微微的變了。

「何以見得？」

「因為你的名字，路西法，是聖經裡魔王撒旦墮落至地獄之前的名字，而這傢伙所署名的『Satan』，不就等同於你的路西法嗎？」

「果然跟我想的一樣。」路西法說。

「什麼意思？」

「看來你對黑道世界的了解沒有比殺手世界還來得深呢。」路西法把邀請函遞回去給 KH，說：「這不是我寄的，而是全世界最大的黑道集團，HELL 的首領 Satan 所寫的挑戰書，說明白一點就是追殺函。」

「蛤?什麼 HELL ?什麼 Satan 的，聽不懂啦!」KH 怒道。

「呵，我解釋給你聽好了。」路西法把雪茄拿起來，吸了一口。「所謂有光的地方就會有影子的存在，世界上的警察組織了國際刑警組織 ICPO ，而地下世界 ICPO 的影子，就是有許多黑道會員國的國際黑幫組織 HELL 。」

「真囂張。」KH 點了一根香菸，然後把面前高腳杯裡的紅酒一飲而盡。

「而 Satan，是這組織裡的首領，在全世界的黑道世界裡面，他等於是總司令一樣的存在，沒有人敢反抗他，在黑道裡打滾的人們，視一生能見到他一面為最高榮耀。」

「好愚蠢的笨蛋。」KH 不屑。

「你的死對頭之一，義大利黑手黨的首領，艾伯特・傑斯，也見過他很多次呢。」

路西法笑了一下，抽了一口雪茄。

「是嗎?」KH 低頭彈菸灰，突然間又像想到什麼一樣驚了一下，說：「你怎麼會知道這麼多事?」

路西法沒有說話，只是微微的嘴角上揚，看著眼前的菸灰缸，而這個舉動，這般神情，讓KH想到他想狠狠痛扁的Ruse。

「看來你是個幸運的人呢。」路西法說。

「什麼意思？」

「你可能是世界上少數幾個非黑道人物而能親眼見到Satan的人，你看看署名的人，是Satan。」

「那又怎麼樣？追殺令就追殺令，要殺我還裝模作樣，還要說什麼追殺函邀請函的，有種放膽來吧！」

「哈哈哈！你果然很有趣。」路西法笑著搖搖頭。「HELL裡面，只有想要親手解決的敵人，才會發追殺函，也就是說，他要殺你的時候，會在你面前現身，你可要有心理準備接下來的亂鬥。」

「亂鬥？什麼亂鬥？」KH不解。

「你來美國的目的是什麼？」路西法問。

聽到路西法這麼問，KH愣了一下說不出話來，路西法心想，現時要不是有如自己如此會隱藏真實表情的人，想必看到KH這樣的發呆蠢樣，一定會捧腹大笑吧。

「你來找人，而這個人在X夫人那，所以你會跟X夫人整個組織對上。」

「這不用你說我也知道。」

「那你的敵人真的只有X夫人而已嗎？ICPO、HELL、日本警方裡的望月昌介，甚至連我，也可能變成你的敵人。」路西法又拿起那瓶勃艮地，倒了一杯給自己。「你想，你還能一派輕鬆嗎？」

路西法陰邪的微笑，此時的KH竟然覺得有些恐怖，但是他還是一貫用他那種用鼻子看人的態度，對他哼了一口氣。

「呵呵呵……」路西法輕輕的搖搖頭，然後打了通電話叫莉莉絲進來。

莉莉絲進門，路西法請她送KH出門口，臨走前，路西法在KH的金色卡片上寫了一些字，然後還給KH。

「這才是我邀請你來的目的，這個人請我先看看你。」路西法對KH說。

KH隨便瞥了一眼他在卡片背後寫的字之後，反問：「要看什麼？」

「看你是不是塊料子。」路西法微微點了點頭，說：「就我觀察的結果，你的確適合，我才給了你他的聯絡地址。」

「適你的頭，料你個頭，你們大老遠把我帶來這邊，就為了做這些無聊的事情，你們是沒事幹嗎？」

「你……」莉莉絲見到KH對路西法這麼無禮，上前一步就要教訓他，卻被路西法伸手擋了下來。

路西法對莉莉絲搖了搖頭，她才咬牙後退了一步。

「殺手獵人，與我以及與那位先生見面，絕對是對你有好處的。」路西法收起原本冷冽的眼神，走到KH面前說：「身為一個同在反面世界的人，我必須告訴你，接下來你的路絕不簡單，去見見他吧！你的人生就在這裡開始改變了。」

說完之後，路西法轉身，與莉莉絲一起離去。

KH望著他們兩人的背影，心中不斷重複咀嚼他方才對自己說的話。

「改變嗎……」KH邊走邊思考著，等他走到門口時，萬相已經把車停在那等他了。

「你還要想多久？」萬相偏過頭看著他。

「等到我真的有答案那一天吧！」KH苦笑了一下，趨步上車。

「賢者，36 West 106th St. Central Park West, New York.」

坐在萬相車上的KH抽著香菸，反覆看著金色卡片上的地址和賢者這個名字，然後轉動著卡片。

「這裡去紐約很久嗎？」KH 問。

「很久，你用走的，會更久。」一派冷酷的萬相，用著肥胖臃腫的亞洲女人如香腸般厚的嘴唇說出這句話。

「唉唷！妳終於學會開玩笑了，想通了嗎？」KH 大笑。

「只是這張臉不適合說嚴肅的話而已。」

「喔……」被反將一軍的 KH 知道自己在自討沒趣之後，獨自把臉轉向了車窗外，繼續抽著他的悶菸。

⊕

「望月警官，你知道自己在說什麼嗎？」警察廳警視總監激動的敲了一下桌子，嚇了子紹一跳。

望月一回國，警視廳馬上就接到消息，都說他不僅沒抓到殺手獵人，還帶了一個台灣小子回來，甚至把那小子收作為養子。

一聽到這個消息，警視總監立刻找人把望月找來，想要問清楚到底是怎麼一回事。

「不就是多加入一個有能力的新夥伴進來，不可以嗎？」望月神態自若的抽著香菸，完全不把幾乎就要暴跳如雷的警視總監放在眼裡。

怒髮衝冠的警視總監、目中無人的望月昌介在小小的辦公室裡互相對望著，而站在離門口不遠坐立難安的子紹，突然有了想奪門而出的衝動。

即使他完全聽不懂警視總監和望月在說什麼。

「你這樣會嚇到那個小朋友，長官。」望月笑著，彈了一下菸灰。

看了一眼子紹，警視總監無奈的嘆了一口氣，說：「你打算怎麼處置他？」

「先幫他辦好移民，接著教他日文，讓他考進警界，差不多就這樣了。」

「你花這麼多功夫在他身上，值得嗎？」

「相信我，我在台灣的時候，他的表現令我讚賞，我想把他培養成我的接班人。」

望月把香菸熄在菸灰缸裡。

「繼承你『日本警察之星』稱號的人嗎？」

「不止，我希望他成為『世界警察之星』。」望月笑了一下，而警視總監又瞄了一眼站得直挺挺的子紹，微笑的搖了搖頭。

「昌介，我跟你的交情也久了，你是怎麼樣的人我很清楚，我相信你選出來的人一定就是最好的，不過日本警方的面子也要顧著，總不能讓風聲傳出去，說一個台灣來的小子搶了我們自家人的鋒頭。」

望月沒有回答他的話，只是逕自的又點了一根香菸，然後說：「你知道KH嗎？」

「你說那個殺手獵人？」

「對。」

「你不是到台灣去就是為了抓他嗎？怎麼？因為沒抓到他讓你很挫折？」

「正好相反，我已經抓到他，不過我是故意放他走的。」

「什麼？」警視總監激動的拍桌子站了起來，這個舉動嚇到還站在一旁的子紹，只有望月還從容的抽著菸。

「你是不是腦袋有問題啊？好不容易抓到這個讓全世界警察都頭痛的通緝犯，你竟然放他走？」他瞪大了眼睛，劈頭指著望月的鼻子大罵，而望月只是輕輕把指著自己的手指拿開。

「如果放走一個KH，可以讓日本警方瓦解整個HELL以及他們在國際上的影響力，你說這樣放走KH，值不值得？」望月吸了一口菸。

「你說……HELL？」這時警視總監從望月眼中，看出望月無與倫比的自信，以及望月眼中所藏的深謀遠慮，於是他坐回了椅子上，開始沉思。

「你現在做的，可是個危險的賭注。」警視總監把雙手十指交叉放在桌上，不停的搓弄著手。「你要知道，只要讓 Satan 知道我們日本警方正在針對他們，我們日本警方可能會面臨到前所未有的威脅，而且不只警方，整個日本，都會陷入黑暗勢力的威脅中。」

「我非常了解。長官，不知道你有沒有聽過中國的一個諺語，叫做『鷸蚌相爭，漁翁得利』？」

「這是什麼意思？」

「就是說讓有利害關係的兩方互鬥，等到兩邊都受傷不支的時候，第三個人再走出來坐享其成，我現在就是這麼想的。」

「一個小小的殺手獵人，真的有足以動搖 HELL 的能力？你會不會把他想得太厲害了？」

「至少……我相信我的眼光，不會錯的。」隨後，望月向後躺在椅背上不發一語，但是他現在散發出來的自信，已經強大到足以讓警視總監不再多問任何一句話了。

「這個賭，如果贏了，日本就能站到世界警察的頂端。」望月心想，然後帶著子紹離開辦公室。

5

「我有一種感覺。」剛在紐約甘迺迪國際機場下飛機的KH，看著天空上高掛的豔陽說。

「什麼感覺？」站在KH身後揹著行李的萬相說。

「妳，是不是那個臭老頭派來監視我的？」KH向後一轉，右手食指指著變裝成黑人女子的萬相。

萬相一聽先是一愣，然後噗哧的笑了出來。

「笑什麼？」

「可能是吧。」萬相繼續笑著，走過KH之後，她招了一部計程車。

「上車吧。」搶先坐進去車子裡的萬相對KH說。

「上哪去？」

「去找那位足以改變你人生的人，你不是也很想去一探究竟嗎？」

「這樣都被妳看出來了……那走吧。」KH無奈的坐上計程車。

上車之後，KH看著身旁的萬相，雖然她一直不表露出自己的立場，對很多問題她也是回答得曖昧不明，但眼前這個看上去可能是女性的謎樣殺手，接近自己一定是有所目的的。

「Do you know where is this address？」上車之後，萬相把另外抄在紙上的地址拿給司機看。

「Sure.」司機得意的說。

「I want to go to here, driving faster.」

「OK! Hold on!」說完之後，兩人看到司機的臉突然變得專注無比，接著就是引擎急轉的聲音。

「不會吧……」KH 預想到接下來會發生的事情，不禁打了個哆嗦。

如同兩人所想的那樣，計程車司機和他所駕駛的車子就像著了魔一樣，在紐約市裡狂飆，完全不管交通號誌和路上來來往往的車輛，快得像雲霄飛車的速度，讓兩人在車上不斷的左右前後亂晃，得要用力抓住兩旁車門才可以勉強固定住自己。

「好想吐……」開始有暈車感覺的 KH 臉色越來越蒼白。

「我也有同感。」故作鎮定的萬相說。

「We are arrived .」不知道繞了幾圈，在KH瀕臨嘔吐邊緣的時候，司機終於把車子停了下來，突然間，KH像看到一線光亮的充滿活下去的希望，放鬆的吐了一口氣。

只是萬相藏在易容面具裡，那張注視著KH的臉，似乎是越來越不屑了。

搖搖晃晃的KH臉色鐵青的走下了車，萬相拿出她的皮夾付了錢，還有給司機的小費。

「Thank you .」萬相轉身離開，KH對司機揮了揮手道謝。

「You're welcome ,Hunter……」司機小聲的說，而且慢慢的把車窗給搖了起來。

耳朵靈敏的KH在準備轉身離開的時候，被司機最後說出來的稱謂給嚇了一跳，快速的轉了回去。

「你說什麼？」KH用力的敲著車窗，司機把車窗搖了下來。

「What's the matter ,customer ?」司機疑惑的問。

「customer？你剛剛說Hunter！」KH大聲咆哮。

「I don't understand what you say !」接著司機把車窗再次搖了起來，不理會繼續在車邊咆哮的KH，逕自把車子開走。

「喂！」KH看著逐漸遠去的計程車大叫，路過的行人都在看KH這般突如其來的舉動，有人還在一旁竊竊私語，而站在一旁的萬相依舊不屑的看著。

等到計程車已經完全消失在兩人的視線之外時，KH 才停止喊叫，這一瞬間，KH 全身突然散發出強烈的殺氣，殺氣強烈到圍觀的人群同時震了一下，背脊也開始冒著冷汗。

感到這次美國之行開始需要點緊張感的 KH，那傾斜向下的臉上，嘴角卻上揚了起來，接著他收起了散發出來的強烈殺氣。

然而，雖然這強烈的殺氣出現的時間不長，但是在萬相的眼中卻看到前所未有的黑色巨團，因為不屑 KH 身為殺手的天敵，卻一點警戒心和該有殺氣都沒有的萬相，此時也完全改觀。

「妳朋友？」KH 轉過頭來，向後指著剛才計程車停著的地方。

萬相搖搖頭，笑了一下說：「我不認識。」

「雖然看不見妳真正的臉，不過我可以感受到妳這個笑是打從心裡笑出來的呢！」

KH 對萬相回報了一個微笑。

「哦？」萬相挑了挑眉，歪著頭說。

「呵，走吧。」KH 不理會直盯著他和萬相看的人群們，逕自走向人行道旁的房子。

「會是這裡嗎？」KH 疑惑的看著房子旁，用英文寫著「紐約青年旅館」的招牌說。

「地址上寫的是這裡沒錯。」萬相把上面寫著地址的金色卡片，拿出來遞給 KH 看，KH 接了過去，然後從菸盒裡拿了根香菸出來，點了火。

「這裡禁菸。」KH 才吸了一口香菸，萬相就把 KH 的香菸從嘴巴上給抽了下來，放進外套口袋裡。

「妳瘋啦？」KH 大喊，一伸手就探進去萬相的外套口袋，卻撈不到任何東西。

「你在幹嘛？」萬相看著手插在她口袋裡，一臉疑惑的 KH。

「妳藏去哪裡了？」KH 問。

「商業機密。」萬相把右手食指伸到唇前笑了笑。

KH 白了萬相一眼，正要轉身的時候，發現自己的大衣被碰了一下，衣角微微的飄了起來，他緊張的想要抓住那感覺傳來的部位，卻撲了個空。

接著他看到萬相又換了一張臉，一張風情萬種的歐洲女子的容貌，對著他輕輕的笑著，手上還拿著一個菸盒。

「動作挺快的。」KH 拍拍自己的大衣。

「馬馬虎虎。」接著萬相又把菸盒收進口袋裡。

口袋空空沒有菸盒存在的 KH 有點不自在，不過他可不想因為點了一根香菸，就要罰好幾包香菸的錢的這種事發生，於是他無奈的轉身走向旅館大門。

「唰」的一聲，一個黑影迅速的從KH左臉頰劃過，正確來說這道黑影是朝著KH直撲而來，只是他下意識的往右邊一閃，才不至於直接被打中。

眼前的畫面停了下來，一個黑人男子手握著刀，惡狠狠的盯著KH看，雖然有一百八十公分的他身高已經不算矮了，但是眼前的這個整整高他一顆頭的黑人，讓他覺得很有壓迫感。

收手之後又是一刺，這次KH很靈敏的完全閃過攻擊，然後用左手抓住他拿刀的右手，把臉轉向萬相那邊。

「妳朋友？」KH開玩笑的問。

萬相把雙手交叉放在胸前，搖了搖頭。

「OK！那你死定囉！」KH笑著對那黑人說。

黑人掙脫了KH抓住的右手，左手抽出另一把刀子，刺向KH的肚子。

接著「鏘」的一聲，KH露出兩排牙齒誇張的笑，右手食指和中指扣著的隨身小刀硬是擋住了黑人刀子的一刺，黑人一驚，向後退了幾步，然後把左右兩手的刀子都丟了過去。

KH輕鬆的用扣著的小刀左右一揮，兩把刀子應聲掉落。

「嘖嘖嘖，you still have much more to work on.」KH囂張的伸出右手食指左右搖動。

黑人見狀，朝著人行道拔腿就跑，KH 和萬相兩人立即向前追上。腿長的黑人跑起來像飛的一樣，而穿著厚重防彈大衣的 KH 卻跑得氣喘如牛，上氣不接下氣的。

「喂！這是作弊吧！」KH 歇斯底里的大聲喊。

「閉嘴。」萬相說。

相對於 KH 的暴躁，萬相冷靜的一路追趕，只是黑人跑的速度很奇怪，一下子快一下子慢的，簡直就像是故意讓兩人追上他的樣子。

三人跑了一段距離，跑到一條大馬路的斑馬線前，那個黑人突然停了下來，回頭看著他們。

「我覺得有詐。」萬相跟著停下腳步，停在與黑人約十步距離的地方。

「管他的，我要把他抓起來嚴刑拷問！」KH 一個大步向前，伸手就要抓住黑人的衣服，這時黑人又轉身起跑，跑到斑馬線上時，撞倒了一個老人。

撞倒老人之後的黑人，頭也不回的繼續向前跑，漸漸消失在斑馬線的另　頭，這時 KH 身後幾步有一個被撞倒的老人，前面又有必須追的敵人，眼看著眼前的綠燈已經轉成黃燈，這時自己只要向前跑個幾步，就可以追上那個黑人，但是他的腳卻一直停留在原地，動也不動。

「該死……」陷入兩難的KH一咬牙，抱起那名倒在地上的老人，朝著跑過來的方向回去。

號誌燈閃耀著紅色的光芒，車輛在KH眼前不斷呼嘯而過，而馬路另一頭的黑人早已消失不見。

除了懊悔還是懊悔，雖然先救老人的這個決定是自己所選擇的，但是就這麼放掉一個想殺他的敵人，KH還是覺得不甘心。

而萬相那張依舊冷如冰霜的臉，還是一點表情都沒有。

「不好意思……你聽得懂中文嗎？」撿回一條命的老人痛苦的坐在地上，拍拍蹲著的KH的肩膀說。

「聽得懂。」KH說。

「那可以麻煩你……揹我這老頭子回家嗎？剛才我的腳被撞了一下，痛得站不起來了。」老人掀起褲管，指著自己發紅的小腿說。

「……好吧。」KH心想，反正那個黑人早就走遠了，自己剛才都救了這個老人，那就好人幫到底吧。

揹起老人，KH步履蹣跚的走在紐約市的人行道上，走在兩人後方的萬相又搖搖頭，無奈的笑了一笑。

6

雖然心裡掛念著剛才攻擊他的黑人，但現在他更在意的，就是幾乎被他所遺忘的，路西法讓他去找的賢者。

只是背上還揹著老人的自己，實在是無法立即趕回去青年旅館一探究竟，他無奈的嘆了口氣。

「年輕人，怎麼在嘆氣呢？是不是老頭子太重了？」

「不是……」

「那就是跟小妞吵架囉？」老人用下巴點了一下走在後面的萬相。

KH 一聽笑了出來，老人也哈哈大笑。

走著走著，老人就這樣在 KH 背上睡著了，這時揹著老人的 KH 速度慢了下來，讓萬相跟上他。

「妳原本的臉，還滿漂亮的呢！」KH 笑著對萬相說。

萬相心裡一驚，但是還是很冷靜的看著 KH 說：「你又沒看過我的真面日，你怎麼知道我真正的臉長得怎麼樣？」

「妳的口音啊！雖然只剩下一點點腔調，但是我聽得出來妳是法國人，認識妳也有兩三天了，妳也換了幾十張臉，就是沒看過妳換成法國人，加上妳換上這張臉之後對我不再有敵意，我才猜這張臉就是妳原本的臉。」

「挺有道理的，不過我不會告訴你的。」萬相對KH笑了一笑，稍稍加快了前進的速度。

「真是的，也不跟我說猜對還是猜錯……」聳聳肩，KH繼續向前走，追上了萬相。

「停，到了。」不知道什麼時候醒來的老人，在KH走到一棟別墅前的時候，叫KH停下來。

「要揹你進去嗎？」KH問。

「如果你好心的話囉。」老人挑眉。

「好好好。」一把老人的腳往上抬了一點，KH讓萬相打開了外頭圍牆的門之後才走了進去。

走過庭院，進了別墅，裡面不凡的裝潢和高貴的地毯、掛畫還有裝飾品，讓KH和萬相兩人知道這老人的財力一定不小。

「謝謝。」被放到壁爐旁搖椅上的老人，抓著放在一旁的枴杖，而後對KH道了聲謝。

「不客氣，那我們先走了。」接著 KH 轉身對萬相小聲說：「走吧！趕快回去青年旅館找賢者。」

「等等。」老人喝止 KH 的動作，接著他伸出雙手，拍了兩下，說：「出來吧！孟菲斯。」

一個人從一旁走了出來，KH 瞪大了眼睛，因為這人就是剛才想要殺他的那個黑人。

KH二話不說，一個箭步向前，右手扣著的小刀直取黑人的喉嚨，只是小刀的刀尖連黑人的喉結都還沒碰到，就被老人用左手的枴杖給擋了下來。

「他是我的隨身護衛，叫做孟菲斯。」老人收起枴杖，孟菲斯也慢慢的走到老人身後站著。

「你是誰？」KH 的雙眼射出盯住獵物的兇狠眼光，右手扣著的隨身小刀刀尖指著老人的咽喉，殺氣也無底限的散發開來。

這是萬相第二次看見 KH 散發出殺氣的樣子，已經習慣把別人散發出來的氣息看成形體的她，現在眼中出現的不只是一個黑色巨團，而是一個全身圍繞可怕黑氣的狂獸。

「萬相，好久不見。」老人微笑的說，完全無視於全身濃濃殺意的KH。

「很久沒有來跟你請安了，賢者大人。」萬相點了點頭。

而還在狀況外的KH登時恍然大悟，收起蔓延的殺氣和扣著的小刀，慢慢退到萬相身旁。

「他是賢者？」KH小聲的問。

「對。」

「他認得妳？」

「對。」

「妳認識他？」

「對！」萬相被問得有點不耐煩，加重了語氣回答。

「那我猜對了。」

「什麼？」

「這張臉就是妳原本的面貌。」KH得意的笑。

「你說呢？」萬相嬌媚的看著KH，微微的嘴角上揚。

「懶得理妳。」對萬相眼神誘惑絲毫不受影響的他，大步走到賢者面前，拿出菸盒點了一根香菸，然後彎腰看著賢者。

看到KH這動作之後，萬相才發現她藏在側背包裡的香菸盒和打火機，已經不知道什麼時候被KH偷偷給摸走了。

「喂，老頭！你最好老實交代你剛剛是在搞什麼鬼。」說完KH一腳踩在搖椅的椅腳上，整個搖椅向前傾斜，賢者的臉瞬間靠近了KH的臉。

孟菲斯緊張的向前，賢者卻伸出手來止住了他的動作。

現在站在眼前的，是絲毫沒有殺意的KH，即使那張臉看起來比他散發出強烈殺氣的時候還要兇狠。

白煙繚繞在兩人之間，KH沒有吸上任何一口，賢者也坐著不動，兩人一直僵持著，直到KH被煙嗆到而輕輕咳了一下。

「呵。」賢者笑了出來。「我是在考驗你。」

「考驗什麼？」

「你的能力、器量，還有善心。」

「什麼狗屁不通的東西。」KH抬起踩在椅腳上的腳，站在賢者面前。

「你身為獵人的能力，從孟菲斯和你交手的過程中我已經清楚見到；而你身為黑暗中戰士的器量，在你所散發出來的殺氣中，也很顯而易見；至於善心嘛……」賢者停頓不語，直盯著KH看。

「如果再讓你選一次，你會選擇救我這老頭子，還是繼續追孟菲斯？」

「當然是追他，你的死活我一點都不想管。」KH的手交叉放在胸前，咬著香菸對賢者哼了一聲。

「幼稚也是必然的條件。」賢者說。

「我才不幼稚呢！」

「也很不誠實。」這次是萬相說話。

「喂！」KH轉過去白了萬相一眼。

「呵呵呵。」賢者笑著，拄著枴杖站了起來，對KH說：「總之，你身為殺手獵人的綜合能力，我已經看得非常明白了，你的確是成為殺手獵人的極佳人選，只不過現在的你，還缺少一樣東西。」

「什麼東西？」KH問。

「這必須要你自己去找出答案。」

「講了等於沒講嘛！臭老頭！你一直讓我想到一個很討厭的人，如果你非要跟他一樣老是喜歡把話講一半的話，那我就會讓你永遠閉嘴！」KH又亮出隨身小刀，只是這一次他已經把刀子抵在賢者的脖子上了。

不過這個舉動，卻惹來賢者的一陣輕笑。

「笑什麼！」KH 怒火中燒，此時的他雖一樣散發著強勁的殺氣，但在萬相的眼中已經不是足以形成狂獸的集合體，只是一圈又一圈亂散的黑氣。

「你真的很容易動怒呢。」賢者不慌不忙的用右手把 KH 的刀子撥開。「我不像 Ruse 一樣喜歡說一藏百，我只是講得慢了些罷了。」

「所以？」KH 的怒氣還是未消，語氣稍重的問著賢者。

「你到三一教堂，去找一位叫做 Silver 的牧師，什麼都不用說，只要說你是 KH 就行了。」

「為什麼？他知道我是誰？」KH 把快燒完的香菸彈進壁爐裡。

「他在追殺殺手這方面，可是你的前輩呢！」

「啊？」KH 不解的看著賢者。

「殺手獵人 Silver，是吧？」站在後面的萬相突然發言，而她說出的話讓 KH 大吃了一驚。

「沒錯。」賢者回答。

「他是誰？」KH感到不可思議的抓抓頭。

「早在你用殺手獵人身分活躍的幾年前，就有一個在暗地裡不斷為了消滅殺手而出現的獵人，他不用刀，不用手槍，只靠一只鞭子，就奪下了無數殺手的頭顱。」賢者說。

「而他出現的時候，總是穿著一襲銀白色風衣，故稱為殺手獵人銀，也就是殺手獵人Silver。」萬相把賢者未說完的話接了下去。「他現在人在紐約？」

「沒錯，相信KH你見到他，一定能夠蛻變成完全的殺手獵人。」

「他很強？」這時KH已經忍不住蔓延在全身上下的興奮感，他恨不得銀現在就立刻出現在自己面前。

「非常強。」賢者說。

「有意思。」KH充滿鬥志的雙眼充滿烈火般的光芒，而他體內熊熊燃燒的血液，似乎也沸騰了再次集結成狂獸的殺氣。

「戰鬥狂……」萬相暗忖，搖了搖頭。而站在KH面前的賢者卻是難掩開心的微笑著。

7

傍晚落日時分，夕陽把紐約市映成一片橘紅色，人們依舊汲汲營營的快步向前，紐約市甘迺迪國際機場邊的飛機也不停的起起落落。

「已經好久沒有再過來紐約了，看起來沒什麼變嘛。」一頭短亂髮的少年穿著連帽厚外套，揹起他的大背包，然後把耳機塞到耳朵上。

「這空氣真不平靜……」三一教堂裡的一間房間裡，一名牧師正在對著牆上的十字架祈禱。

「牧師 Silver……」祈禱到一半，一旁的門外傳來叫喚的聲音，還跪在地上的 Silver 前去開門，門外也是一名牧師，看起來神色有點緊張。

「發生什麼事了？」Silver 問。

「外面有人說要找你。」那名牧師用著有點顫抖的聲音說出來，Silver 思索了一會兒，想必來人絕對不是泛泛之輩。

走在教堂的長廊上，Silver猜想來的人到底是何方神聖。

「該不會是來尋仇的吧……我都已經洗手不幹這麼多年了。」Silver笑著，不知不覺已經走到長廊盡頭，他推開了門，進到禮拜堂。

一個穿著黑色西裝，身材高大的男人背對著他，但Silver一眼就認出他的身分，以及那全身散發出來的強烈霸氣。

「樂山水，別來無恙。」那男人一開口，聲音迴盪著，整個禮拜堂似乎都為之震動。

「我已經捨棄這個名字很久了，我現在叫做Silver，只是個普通的小牧師，Satan。」Silver走到禮拜堂的長椅上坐下，整整他的牧師袍。

「哈哈哈！一代殺手獵人竟然甘願平淡？還是你怕比不過那新出頭的小子？」Satan轉了過來，那面半面鐵面具裡的雙眼，那個眼神，就像是魔王俯視著一切。

「你的眼神越來越兇狠了呢，還是說成為黑暗之王之後，讓你的情感都消失殆盡了呢？」Silver把手靠在椅背上，十指交叉。「還有你說到的新出頭的小子，應該叫做……KH吧？我聽賢者說過他，聽說他也到美國來了。」

「嗯，這個我知道。」Satan走到Silver另一旁的長椅上坐下，左腳抬起來放在右腳上，且拿出雪茄點了起來。

「這裡是教堂，禁菸耶。」雖然這樣說，Silver卻一點想阻止他的意思都沒有，而

Satan 也沒有因為這句話而把雪茄熄掉。

「你有什麼打算？繼續待在這種小地方？」Satan 說。

「我也說過很多次，我不會進 HELL 的，自從我引退的這幾年來，我不是一直都這樣告訴你的嗎？」

「哼。」Satan 把雪茄丟到地上，左腳放下來一踩，整個禮拜堂又是一聲震動。

「念在我們交情上，你才能一直平安無事，你很清楚 HELL 的邀請規則，如果不服從歸順，就只有消失一途。」Satan 惡狠狠的看著 Silver，但 Silver 卻還是一派從容的。

「那 KH 怎麼說？你沒有邀請他，甚至連見過他都沒有，就直接對他發出追殺函，這不是太不公平了嗎？」

「那小子是例外，他妨礙了我們 HELL 的路，必須清除。」

「嚴重到必須要你親自發追殺函？我記得在這之前，你從未親自發出追殺函，如果這小子不是毀掉你那張臉的元兇，就是你有非得親自見他一面的理由……」Silver 意有所指的看著 Satan。

這時禮拜堂的大門被打了開來，KH 和萬相浩浩蕩蕩的走了進來，看見一左一右坐在禮拜堂裡的兩人。

坐在右邊長椅上的牧師看起來很普通，但是坐在左邊長椅上戴著面具的男人，讓KH和萬相感到前所未有的戰慄感。

Satan的霸氣像刀子一樣刮在兩人的皮膚上，刺痛的感覺讓KH無法忽視他的存在，而那雙在面具裡猛虎般的雙眼，硬是把KH的殺氣給壓了下去。

「怎麼可能……」被Satan發出的霸氣重重壓住的KH，痛苦的咬緊了牙齒，他覺得好像有個千斤砸壓在自己肩膀上、腳上，讓他身體無法移動，而且連一步都踏不出去。

而站在一旁的萬相雖然沒有被Satan直接盯著，但是她也依舊被眼前這個恐怖的男人身上的霸氣給震得微微發抖，她瞪大了眼睛看著Satan。

「哼。」Satan冷笑了一下，眼睛直視著KH，起身走了過去。

此時在萬相眼中，Satan的霸氣驟然成形，一個散發出壓倒性黑氣的巨人，這股黑氣強烈到幾乎包覆了周圍的一切事物，讓她除了Satan，看不到其他的東西。

「可惡……別開玩笑了！」瞬間，KH殺氣驟發，黑暗狂獸和黑暗巨人在禮拜堂裡以雙方所散發的強勁黑氣對峙著。

只是，Satan的氣勢足足強了KH一大截。

「你是誰？」好不容易擺脫 Satan 霸氣壓制的 KH 從口袋裡拿出隨身小刀扣在右手食指和中指間，刀尖指著他。

「哼，小鬼。」Satan 亦步亦趨，來到 KH 面前，看見正冒著冷汗還故作鎮定的他，搖了搖頭，說：「我就是 Satan。」

KH 一開始驚了一下，後來他不屑的哼了一聲，手指間扣著的小刀倏地向前突刺，Satan 連眼皮都沒眨一下，左手直接接住 KH 的小刀，瞬間，禮拜堂裡發出金鐵相擊的聲音。

KH 手中的鋼製小刀裂成了幾片鋼碎片，Satan 伸出左手，手上戴了一只黑色的鋼製手套。

「喂，你這是作弊吧？」KH 故作幽默的開著玩笑，Satan 瞬間在 KH 的肚子上報了一記重拳，KH 整個人飛了出去，撞在禮拜堂的大門上。

不知道為什麼飛出去的 KH 摸摸自己肚子，在中拳的那一瞬間他一點都感覺不到被打的痛楚，反而是比較像，整個人被 Satan 的手勁給推了出去。

為什麼發追殺函要殺自己的人，不會直接對自己下重手？KH 越想越想不透，只是在他想清楚之前，Satan 又再一次的來到自己面前。

「你……」KH 的話還沒說完，他的下巴又中了一拳，這次的力道雖沒有大到可以直接要了 KH 的命，但這個力道已經足以讓他直接昏厥過去了。

「咚」的一聲，KH 像失去支撐的鐘擺一樣筆直的落地，萬相緊張的跑了過去看 KH 的情況，確定他是否還活著。

「先走了。」Satan 頭向 Silver 那邊轉了過去，對他揮了揮手道別。

Silver 點了點頭，看著 Satan 打開了大門，走了出去。

「先扶他到我房間休息吧。」Silver 走了過去，把昏倒的 KH 揹了起來，走向禮拜堂旁邊的小門。

萬相仔細端詳著眼前的牧師，他可以如此神態自若的跟剛才那樣恐怖的男人對話，這男人絕對也不簡單，即使自己感覺不到他的身上有任何意思的殺氣。

莫非他就是殺手獵人銀？如果是這樣的話，他全身沒有殺氣這點也可以獲得解釋了，因為他和 KH 一樣必須隱藏住自己的殺氣，所以才會像她一開始見到 KH 那樣子，完全感受不到一點殺氣。

走在長廊上，腳步聲喀喀的響，萬相和 Silver 兩人沒有說上任何一句話，只有腳步聲迴盪在幽暗的長廊裡，顯得格外詭異。

「讓他多休息一會兒吧，我準備點東西給你們吃。」進了房間，Silver 將 KH 放在床上，隨即轉身離開了房間。

在來到這裡之前，萬相在飯店裡換上了一張亞洲女人的臉，不過在 KH 看到之後，給了他一個白眼。

「幹嘛又換啊？原本的臉好看多了。」KH 在飯店房間裡穿上大衣的時候邊看著萬相說。

「我的名字本來就叫萬相，而且易容術不練習會生疏。」仔細在面具上戳了一些因為青春痘造成的傷口坑洞，然後穿上小外套，離開飯店房間。

「真是的……」套上大衣的袖子，KH 跟著萬相一起離開了房間。

8

其實換臉對萬相來說，其真正的本質是躲避追殺自己的人，自從十年前從法國躲過被通緝的命運逃出來、被異王相中而加入異界當殺手，幾個小時就換上不同的臉這種事已經成為了習慣。

幽暗的小房間裡，萬相回想著十年前還在法國當扒手為生的自己。

原名 Crystal Daniel 的萬相，在自己還小的時候，因為父母親雙亡而成為孤兒，飢寒交迫的她成天待在火車站裡向人乞討，持續了五年之久。

十幾歲的她以為，她的人生就會這樣持續一輩子了，直到她看見這世上，還有扒手這種人存在。

一天，Crystal 照常在火車站裡向來來往往的人乞討，看著空罐頭裡的零錢零零星星的，披頭散髮的她嘆了一口氣，然後仰頭向上。

這時火車剛好進站，一群人湧進月台，推擠著，但 Crystal 看到的不只是這樣，一個瘦小的少年從靠著的柱子旁離開進到人群裡，一瞬間扒走了好幾個人的錢包，不管是從打開包包到拿出裡面的錢包，或是從男士的褲後袋抽走皮夾，都只花了短短的幾秒鐘。

少年得意的回到柱子旁，看著破爛的側背包裡的戰利品，然後他隨意的環顧四周，才注意到 Crystal 的視線。

Crystal 詫異的看著柱子旁的少年，少年也同樣驚訝的望著她。

就這樣一語不發的望著，直到少年做出咬牙的動作之後，向她走來。

「這個給妳，不准說出去。」少年隨便的從側背包裡掏出一個皮夾遞給 Crystal，她接起皮夾一看，裡面有好多紙鈔。

Crystal 自懂事以來，從來沒有看過這麼多錢，她大吃一驚。

「這樣算是給妳撿到便宜了，妳看妳在這裡坐多久才能賺到這麼多錢？所以……」少年把手指伸到唇前，發出「噓」的聲音。

她繼續看著皮夾裡滿滿的鈔票，少年搖搖頭，拍拍屁股走人。

只是他還走不到一步，褲管馬上就被抓住，失去了平衡，害他差一點跌個狗吃屎。

「妳幹什麼？」少年咆哮。

Crystal 把皮夾推到少年眼前，一雙大大的眼睛直盯著他看。

「這樣看我做什麼？」少年一把就拿回 Crystal 手上的皮夾，然後揪住她的領子。

「妳是不是想去告發我？我勸妳不要想耍花樣，不然我會給妳好看！」少年從皮夾裡掏出一疊紙鈔，走到 Crystal 放在牆壁邊的空罐頭旁，一把塞了進去。

「直接把皮夾給妳妳不要，我這樣把錢給妳了，滿意了吧？臭乞丐！」說完少年把皮夾往鐵軌上一扔，瞥了一眼 Crystal。

Crystal 看到被少年塞滿的空罐頭，立刻拿了起來，推到他面前。

「妳到底想做什麼？」少年一把甩開空罐頭。

「教我。」Crystal 說。

「什麼？」

「教我當扒手。」Crystal 雙眼很堅定。

就這樣，少年利用夜半車站沒有人的時候，傳授了許多技巧給 Crystal，有時他也會在車站人多的時候，叫 Crystal 站在牆邊，由他示範技巧如何運用。

當然有時候少年也會叫 Crystal 親自上場練習實戰經驗，只是她常常會因為失敗被抓到，惹來一陣打。

而少年總是會在這時候，故意用很粗糙的扒手技巧，像是用力的硬拔那個人的皮夾讓他發現少年，這時候 Crystal 就可以趁機逃跑。

「妳看妳被打得眼睛都腫了。」少年用冰塊敷著 Crystal 的眼睛，Crystal 拉開嘴巴笑著，看起來就像一隻長了頭髮的青蛙。

「還笑，醜死了。」少年把冰塊拿開，然後從側背包裡拿出剛買的牛角麵包，一把塞進她的嘴巴裡。

「#%&＊※○◎……」嘴巴塞滿麵包的 Crystal 說著讓少年聽不懂的話，於是他把牛角麵包從 Crystal 的口中拿了出來。

「妳剛剛說什麼？」少年把麵包放在她的手上，然後又從側背包裡拿出另一個麵包啃著。

「我說，我都還不知道你的名字……」Crystal 啃著已經印上她齒痕的牛角麵包，啃著啃著口越來越渴，少年遞了一瓶水給她。

「Nate，我的名字叫 Nate。」Nate 拿出超大瓶的礦泉水，大口的灌著，氣泡不斷從倒著的瓶口冒出，不一會兒的工夫，整瓶水就被 Nate 給喝完了。

「呼哈！」Nate 喝完礦泉水之後，露出很滿足的神情。

Crystal 坐在一旁看著 Nate，看得出神，直到 Nate 發現 Crystal 在看著他。

「為什麼要這樣看著我？」Nate 問。

Crystal 搖搖頭，羞澀的低頭喝著瓶子裡的水。

Nate 聳了聳肩，瞥了一眼眼睛還是很腫的 Crystal 說：「果然很像。」

「像什麼？」Crystal 問。

「青蛙。」Nate 哈哈大笑，Crystal 把旁邊的礦泉水空罐丟過去砸他的頭。

「呵……」萬相輕輕笑出了聲，這時已經慢慢轉醒的KH，翻身轉向萬相那邊。

「什麼事情這麼好笑？」KH問。

萬相嚇了一跳，不過還是故作鎮定的，用著一貫不屑的口氣對KH說：「因為我想到剛才你被打的那一拳，所以我開心的笑出來了。」

「什麼嘛……」KH扶著發疼的下巴從床上坐起身來，想起剛剛發追殺函要殺自己的Satan明明站在自己眼前了，他卻沒有真正想殺自己的舉動，他伸出右手握了又放、握了又放，心頭湧出了一種迷惘，但是這個迷惘，竟然來自於親切感……

點了根香菸，KH對坐在椅子上看著蠟燭沉默的萬相，說：「我覺得那個Satan，怪怪的。」

萬相撇頭轉向KH的方向，左手伸手把蠟燭弄熄，房間裡陷入一片黑暗，KH嚇了一跳，直到萬相再次把蠟燭點燃。

「哇啊！」萬相的臉突然出現在KH面前，而且幾乎是快貼到臉的距離，KH嚇得甩開了香菸向後彈開一段距離，差一點從床上摔下去。

「呵呵呵……」恢復成原來面貌的萬相嬌媚的笑著，KH不悅的撿起掉到地上的香菸，叼在嘴巴上。

「我是很贊成妳換回原來的臉啦！不過可不可以不要這樣嚇我？真是的……」KH

抽著香菸，下了床，這時候房間的門被打了開，Silver 拿著放著麵包還有三杯熱牛奶的托盤走了進來。

「不好意思，熱牛奶花了點時間，你們一定餓了吧？來吃點東西吧。」Silver 把托盤放到床邊的小茶几上，然後直接在床邊坐了下來。

「你們不是這裡的人吧？」Silver 拿起其中一杯牛奶，喝了一口。

「嗯。」KH 穿起大衣，隨手整了整衣角，看著 Silver 說：「殺手獵人銀……是吧？」

Silver 一聽，先是笑了一下，然後把牛奶放在茶几上。

「那你就是 KH 囉？」

「正是。」

「久仰大名。」Silver 伸出右手做出要跟 KH 握手的動作，卻被 KH 一把撥開。

Silver 笑著把手縮了回來，繼續喝著他的熱牛奶。

「牧師，好個懺悔的工作，你真的相信上帝嗎？」KH 把雙手伸進大衣口袋裡，嘴巴上叼著的香菸繼續燃燒著，在幽暗只有蠟燭照耀的房間裡，多添了一些火光。

「嚴格來說，我並不相信有上帝，如果相信，怎麼會有那樣的過去呢？這點應該是你最清楚的，不是嗎？」Silver放下杯子，看著KH說。

「我只想知道你是不是如傳說中這麼強。」KH把香菸丟在地上踩熄，右手手指扣著的小刀，刀尖挑釁的鋒芒在Silver眼中閃耀著。

「我不想在這裡開打，現在是一個放鬆的時間。」Silver端著裝著牛奶的馬克杯，起身打開房間的門。

「還有，肚子餓的話應該會沒力氣跟我打吧？多吃一點，我想看見的是最強狀態的你。」Silver又喝了一口牛奶，說：「不然，你不可能是我的對手的。」

Silver對KH微笑，但是在KH眼中卻是極為瞧不起他的動作，尤其是他剛剛說的那句話。

「你別想給我走！」在Silver把門輕輕帶上的同時，KH大步一跨，越過了床鋪，伸手就要把還半掩的門給拉開。

KH的手握上門把，用力的一拉，木門瞬間被拉了開來，只是門外卻不見任何人的身影。

「什麼？」KH探頭出去環顧長廊，又長又黑的長廊上雖然還有其他房間，但是Silver也不可能瞬間就進到任何一間房間裡，KH瞪大了眼睛，靠在門邊發愣。

「你在幹什麼？」Silver 的聲音突然從背後傳來，KH 回頭一看，Silver 安穩的坐在床邊喝著熱牛奶。

「嘖嘖嘖……」萬相搖搖頭，似乎把剛剛那一切盡收眼底，也大略的明白賢者要 KH 學的是什麼了。

「你好好想想賢者要你來的目的。」Silver 走過已經看傻了眼的 KH，輕輕的拍了拍他的肩膀離去。

「等……」KH 一回神，轉身就想追出去，卻在還未踏出任何一步的時候，被萬相伸手擋了下來。

「你想找死嗎？」萬相說，下巴順勢抬起點了一下房間裡的地板。

經萬相提醒之後 KH 赫然發現，剛才動作如此迅速的 Silver 手上所拿的熱牛奶，卻連一滴也沒有灑到地上。

兩人總算是見識到傳說中殺手獵人銀超凡的身手還有穩定度了

KH 坐在床上回想著，剛才如果 Silver 真的有意要殺他，恐怕自己現在早已身首異處。

一天以內遇到兩個實力堅強到足以輕鬆殺死自己的人，卻又讓自己平安無事活了下來，KH 除了感受到自己實力嚴重不足之外；卻不知怎麼的，那股流在體內黑暗的獵人之血，也漸漸的沸騰了起來……

9

「你是說，你有看到穿著黑色大衣的人出現在青年旅館門口是嗎？」穿著連帽外套的少年拿出筆記本，一邊問，一邊在筆記本上抄抄寫寫。

「對，那個人看起來真恐怖，尤其是……」被少年問到的華裔男子滔滔不絕的說出他看到KH的經過，手舞足蹈的，激動得好像他認識KH一般。

「真是謝謝你，這情報對我很重要。」少年抄完筆記之後，把筆記本塞進連帽外套口袋，然後胡亂的從牛仔褲口袋裡拿出一張皺巴巴的二十元美鈔，塞到男子的手上。

「喂！這是？」男子被少年塞到手上的二十元美鈔嚇到，想要叫住少年，但是少年已經把耳機戴上走遠，男子只好搔搔頭，看著手上的鈔票離開。

「好！再去問另一條街的人！」少年伸伸懶腰，耳機傳來的流行音樂讓他的步伐一跳一跳的。

夜已深，Silver 手上端著裝滿熱牛奶的馬克杯，獨自坐在教堂側門的台階上看著夜空沉思。

也許是已經入冬的關係，牛奶的熱氣化成的白煙多得足以遮住 Silver 的視線，他把嘴巴湊近杯緣，又小飲了一口。

「真的很不錯呢！」Silver 身後的門被打了開來，KH 同樣端著裝著熱牛奶的杯子走了出來。

「我對牛奶可是很講究的。」Silver 看了 KH 一眼，微笑。

「我是說天空。」KH 走到 Silver 身邊坐了下來。

Silver 抬頭看了一眼天空，閃耀雪白光芒的月亮高掛著。「我對天空也是很講究的，不然我也不會趁今天天氣這麼好出來看天空囉。」

「這樣喔……」KH 大口喝了一口牛奶，然後發出「哈」的一聲。

「那當然。」Silver 笑了一下，KH 也跟著笑了起來。

「不想找我打了？」Silver 說。

「打啊！不過不是現在，我還有東西要向你學。」

「你已經想到啦？」

「還沒有，不過我知道跟你打上一次的話，我一定會知道的。」

「或許吧。」Silver 喝了一口牛奶，KH 則拿出菸盒來。

「可以抽菸嗎？」KH 問。

「請。」

KH 點了香菸，吸了一口，吐出的白霧和牛奶的白煙交雜在一起，兩人就這樣坐著不發一語，直到 KH 把香菸抽完。

「為什麼不做殺手獵人了？」KH 把燒盡的香菸隨手一彈，菸蒂彈進一旁水溝蓋上的孔裡。

「這問題好複雜。」Silver 說。

「總有原因吧？」

「知道 Ruse 嗎？」

「沒事提起那個臭老頭幹嘛？」KH 不屑的說，接著他又點了一根香菸。

「其實在你我之前，還有其他的殺手獵人。」Silver 一口喝完了所有牛奶，把杯子放在腳邊，然後在台階上躺了下來。

「什麼？」KH 震了一下，Silver 卻笑了起來。

「看來你是幾任殺手獵人裡，被 Ruse 隱瞞最多事情的人呢。」

「你說幾任？到底是有多少人啊？」KH 不敢相信 Silver 所說的話，原來殺手獵人的名號，連 Silver 也不是第一個。

「所有的殺手獵人，都是 Ruse 所帶領出來的，在我出道之前，還有兩任殺手獵人。」Silver 停頓了一下。「所謂的殺手獵人，對 Ruse 來說，就是『消滅不聽話殺手的工具』，殺手獵人的存在，不僅僅是因為要殲滅，在暗處以殺人為生的殺人鬼，而是幫助 Ruse 進一步控制殺手界的工具。」

「……」KH 吸了一口香菸，不語。

其實 Ruse 讓自己不斷接任務去殺那些殺手的目的，自己也不是不知道，只是因為 Ruse 手上可能握有殺掉自己全家的人的身分資料，他才會不斷地接受 Ruse 所指派的任務，不管有多麼危險。

「想要知道我為什麼不當殺手獵人，倒不如問我為什麼要當殺手獵人，不是嗎？」

Silver 對 KH 笑了一笑。

「那你為什麼會當殺手獵人？」

「跟你一樣，為了復仇。」Silver 說。

KH 瞪大了眼睛，不可思議的看著 Silver 說：「你怎麼會知道……」

「所以我才說你被蒙在鼓裡囉！我出道之後 Ruse 就有稍微跟我提過了，第一個是因為妻子被殺，而從殺手轉變成殺手獵人。」Silver 喝了一口熱牛奶，接著說：「其實嚴格說起來第一任殺手獵人不算是專殺殺手的，他只能算是一名會連殺手都一起宰的殺手。」

「而第二個是因為第一任殺手獵人被殺掉，才繼承其名號的。」

「為什麼？難道第一任殺手獵人和第二任之間有關係？」KH 問。

「他們是父子。」

「那第三任呢？跟你也有關係？」

「沒有任何關係，從第三任隱退到我出道的時間，整整空白了三年。」Silver 站了起來，整了整自己的牧師袍後坐下。

「那你成為殺手獵人是為了對誰復仇？」

「我的未婚妻，她是被一個未知名的殺手殺掉的，直到現在我都找不出兇手是誰。」

「Ruse 那個臭老頭沒有告訴你？」KH 把香菸丟在地上踩熄。

「呵，他有告訴你，你需要復仇的對象到底是誰嗎？」Silver 看著 KH，KH 愣了一下，說不出話來。

「正如我所說的，我們對他來說只是工具，而且是用壞就可以丟棄的工具，既然是這樣，他何必真的告訴我們呢？」

聽到這裡，KH深深的吸了一口氣，長長的氣接著吐了出來，然後他問出他最想知道的問題。

「你的未婚妻怎麼死的？致命傷是什麼？」

「是被麥格農子彈所殺，子彈正中額頭，一槍斃命。」

KH聽到Silver這麼講，他先是一驚，然後冷笑了幾聲。

「笑什麼？」Silver問。

「好巧合，跟我家人的死法一模一樣。」

Silver從台階上跳了起來，瞪大了眼睛看著低著頭的KH，突然間許多想法在腦中盤旋，然後他用著些微顫抖的聲音說：「難道說……」

「原來促使我們變成殺手獵人的陰謀者，是同一個人啊……」

夜黑，樹林裡的樹葉被風吹得沙沙作響，KH和Silver兩人在教堂的側門外，似乎了解到纏繞在他們身上的陰謀，越來越深……

不斷在紐約街頭努力蒐集路人資料的少年，在路邊的一家咖啡廳停了下來，仔細研究問來的情報。

一口接著一口啜著杯子裡的紅茶，少年認真的看著筆記，突然間他的口袋裡響起了音樂，他拿出放在口袋裡的手機，接了起來。

「喂，我是段風宇。」風宇說。

「我知道了，這幾天會把資料匯報上去，我已經大概掌握 KH 的行蹤了，好，就這樣。」風宇把電話掛上，然後用吸管一口氣把紅茶喝完。

「是三一教堂嗎……」風宇看了看筆記裡所寫的「我看到穿著黑色大衣的男人進去三一教堂」這句話，然後他胡亂的把東西收一收，全部丟進大背包裡離開咖啡廳。

隔天早上，Silver 在房間祈禱完，走出教堂準備打掃一下門口的時候，遠遠的就看到一個人坐在教堂圍牆外睡覺，於是 Silver 過去把他叫醒。

「Why do you sleep here ?」Silver 問著坐在門口睡著的風宇。

「天亮了嗎？」風宇伸伸懶腰，打了個哈欠，赫然發現 Silver 站在他旁邊，嚇了一大跳。

「你說中文？」Silver 問。

風宇搔搔他凌亂的頭髮，站了起來。

「前陣子在台灣待了一段時間，最近不知不覺就說出中文了，哈哈哈！你也說中文耶！」

「我原本是台灣人，不過我現在在這裡擔任牧師，你呢？是遊客？」

「噓……」風宇伸出右手食指放到嘴巴前，小聲的說：「你不可以告訴別人喔！其實我是偵探，我來找一個人。」

「什麼人？」

「他啊！是傳說中的殺手獵人 KH 喔！我查到他人在這棟教堂裡耶！對不對啊？樂山水先生？」

Silver 一驚，眼睛睜得大大的看著風宇。

「不用吃驚，查到你的身分對我來說只是小意思。」風宇揉揉眼睛，揹起他的大背包，轉身就要走進教堂。

「你做什麼？」

「我要進去找他啊！」風宇又往前走了一步，伸手推開圍牆旁的鐵製大門，走了進去。

只不過才走了一步，Silver 突然出現在他的眼前，擋住他的去路。

風宇愣了一下，回頭看了一眼剛剛圍牆外 Silver 站著的地方，然後再回頭看過來 Silver 這邊。

「哦？動作好快。」風宇微笑。

「馬馬虎虎。」Silver 微笑，雙手交叉放在胸前。

10

等到 KH 睡醒的時候已經是傍晚時分，天空反常的在不該下雨的天氣下起了滂沱大雨，雷聲陣陣的響徹天空，連閃電也是那樣一閃一閃的令人覺得恐怖。

「為什麼會下雨？」KH 坐起身，看著窗外的大雨。

KH 打了一個長長的哈欠，轉過頭後才赫然發現床上還躺著另外一個人，而且還是一個身材臃腫、中年發胖的白人男子。

「啊！」KH 大叫，床上還在熟睡的白人男子轉醒，睜著他的眼睛直直盯著 KH 看。

「你誰啊你？」KH伸出腳就是一踹，沒想到男子胖雖胖，動作矯捷的一閃，從床上跳了下去，躲開了KH的一踢。

「唉唷！很厲害嘛！」KH從床上跳了下來，看著眼前這個態度十分不屑的男子說。

「你是不是有起床氣啊？」男子拍拍自己寬鬆的衣服，用著女性纖細的聲音說著。

「這聲音……是萬相？」

「不然你以為是誰？」萬相撕下易容面具，恢復原來豔麗的容貌。

「別嚇人好不好？」KH轉過身穿上大衣，這時他像是想到什麼一樣的快速轉了過身，說：「不對啊！妳怎麼會睡我旁……」

KH話才說到一半，就看到萬相開門走了出去，KH快步追上。

「喂！我還沒說完耶！」

冒著雨，兩人搭上了計程車到第一大道，第一大道的喧囂聲沒有因為突如其來的雷雨暫歇或停止，人行道裡人來人往，車潮也是擁擠如常。

「妳要去哪裡？」KH把雙手交叉放在頭後方，跟著萬相在街道裡穿梭。

「吃飯。」換裝且易容成中年婦人的萬相冷冷的回答KH，然後在一家速食店前停了下來。

「麥當勞？不用來美國還特地吃這種東西吧？」KH看著門口大大的「M」字嘟囔著。

「不喜歡你可以去別的地方吃。」萬相說。

「好好好，我吃總行了吧？」KH無奈的跟萬相一起走進麥當勞。

兩人找了一個靠窗的位置坐下，看著窗外的雨雨風風，萬相的臉一下子沉了下來，好像在思考什麼似的。

「怎麼了？」KH大口啃著漢堡。

「不關你的事。」

「喔。」剛把漢堡嚥下肚的KH自討沒趣的轉了過去，拿起桌上的大杯可樂咕嚕咕嚕的喝了起來。

一方面，獨自待在教堂禮拜堂的Silver靜靜的坐著，聽著彩繪玻璃窗外的風聲、雨聲，還有雷聲，他直盯著禮拜堂正面牆壁中央的基督聖像不發一語，而心也一層一層的，落進了過去的時光裡。

銀白的閃光，多麼令人畏懼的閃耀著，出神入化的鞭法讓他勝過其他殺手所持有的現代化兵器，無論是尖銳、鋒利如鎢鋼所製成的長、短刀這些冷兵器，或是出手快如閃電、破壞力強大的槍砲熱兵器，都不曾是他的對手。

殺手獵人銀這名字，是在黑暗中完全隱身的現代忍者——殺手，封給他的，至高無上的稱號。

他是一位優秀的獵人，不疾不徐的呼吸、快速無聲的步伐，還有他那可以完美隱藏住殺氣的能力，使得被他所殺的殺手，在面臨死亡的前一刻才會知道，自己早就被獵人給盯上了。

殺人如麻且毫無膽怯之意的恐怖頭腦，是銀認為殺手最可恨的地方，於是銀獵捕殺手的最佳模式，就是一鞭揪下殺手的萬惡之源。

夜晚是殺手此起彼落出現的時刻，卻也是銀揮動他所謂正義之鞭的最佳時間，俊美的臉龐上看不出一點表情，一雙如獵豹般尖銳的眼眸死盯著他的獵物，銀白色大衣映著月光格外閃亮，隨著風不停的吹動大衣，與他銀白大衣極不相稱的地獄使者形象驟然而生。

這是一個暗黑又詭譎的夜晚，路旁的夜燈都被子彈給打碎，巷子裡暗得伸手不見五指，連四周也寂靜得不同於街道的喧囂，此時只能聽到一陣陣猛烈跳動的心跳聲，還有急促帶著極度畏懼的喘氣聲。

站在剛斷氣不久的屍體旁邊，穿著深綠條紋上衣的殺手，左手緊緊握著手槍，右手捂著剛被子彈穿過正流著血的臂膀。

而諷刺的是，這穿越左肩，使自己受到重創的子彈，竟然是從他自己手槍裡所擊發出來的。

「你為什麼要殺俺？」受了傷的男子很公式的問。

「你有種就不要躲，給俺出來！跟俺一決勝負！」男子聽見沒人回應，大聲的吼叫著，但身體卻因流血過多而略顯顫抖。

只是任憑男子如何的呼喊，周圍依舊是一片死寂，一點動靜都沒有。

他使盡吃奶力量的爬起身，現在的他，已經不想再花自己可能僅剩的時間去找尋攻擊他，且恐怖到將他擊發出的子彈打回來的到底是誰。

現在的他，只想為了保命趕快逃走。

突然間，一道劃破寂靜的聲音傳來，像是快速的把衣服揮動所產生的空氣爆破聲，男子回頭一看，卻在還來不及做出任何反應的時候，感到左耳一冷，而他的左耳就這樣應聲而落，頓時鮮血激流。

緊握著手槍的左手放開了槍的握柄，快速的移動到已經失去左耳的空洞上，他瞪大了眼睛，左肩上的槍傷及左耳斷裂的劇痛讓他再也無法繼續忍受，他跪倒在地上，哇的一聲叫了出來。

「打偏了。」就在男子再也沒有站起來的欲望之時，幽暗的巷子裡赫然出現一個銀白色的身影。

因為白色扁帽的前緣壓得很低，男子看不清楚眼前人的長相，只明顯的看見眼前這個手握著銀色長鞭的人，竟然給了他一種壓倒性的恐怖殺氣。

此人的殺氣驟然成形，有如一頭散發銀白光輝的豹子，正仔細端詳著眼前的獵物。

「難、難道你就是，傳說的殺手獵人，銀！」男子害怕得下排牙齒不停的撞擊上排的牙齒，緊壓著左耳的手也因為恐懼而忘了把掉在地上的槍撿起來。

現在的他已經無法思考，腦中不斷浮現出來的只有一個字。

就是，死。

又是一聲急快的抽鞭聲，男子這回掉的不是他僅剩的右耳，而是一整顆的頭顱。

整顆頭顱俐落的應聲落下，頸子與頭之間的切口非常平順，也如預料的一般血流如注。

「我不喜歡，跟我討厭的人說話。」銀從上衣口袋中拿了一條白色手帕，輕輕擦拭了手上染血的鞭子，順勢將染血的手帕拋向被他打落的頭顱。

「連臉都是如此猙獰醜陋。」收起長鞭，銀輕吻了他掛在頸子上的銀製十字架，說了一句：「阿門。」

揮動銀白大衣，銀轉身，一步步的消失在暗巷的另一頭。

腐爛已久的陳年舊事，Silver 以為自己早就已經忘了，沒想到每當自己像這樣靜靜的坐下來的時候，這些血腥恐怖的過往，卻依舊歷歷在目。

Silver 嘆了口氣，搖搖頭，看著依舊不動的基督聖像說：「天父，是不是因為我的使命還尚未完成？所以我必須保有我那血腥的記憶？請指引我方向，好嗎？」

Silver 虔誠的祈禱，忽然間一道閃光急落，接著是震耳欲聾的雷聲，閃光不斷，一次又一次的讓幽暗的禮拜堂亮了又暗，暗了又亮。

而在黑暗中沉睡已久的銀豹之瞳，又再一次的散發出熊熊殺氣。

11

冒著雨回到三一教堂的 KH 和萬相兩人，毫不猶豫的直接跑回位於長廊的房間裡，打理因為濕透而狼狽不堪的儀容。

「真厲害。」KH 邊擦拭著頭髮說。

「什麼東西厲害？」

「妳啊！全身濕得這麼徹底，那張偽裝的臉還是一點破綻都沒有。」把擦頭髮的毛巾丟到一旁，KH 點了根香菸。

「因為我厲害啊！」萬相把擦完頭髮的毛巾拿到一旁掛好，然後轉頭過來看著

KH。

瞬間，畫面好像被人用遙控器定格一般，萬相直盯著 KH 不動，KH 也征征的看著萬相，持續了快一分鐘。

「幹、幹嘛這樣盯著我看？」KH 叼著沒抽的香菸差點沒直接掉了下去。

「轉、過、去。」萬相一字一字的慢慢說出來，然後指著自己穿在身上，已經濕透的衣服。

看到萬相動作恍然大悟的 KH，慌張的把頭和身體轉過去背向萬相，然後深深的吸了一口香菸。

聽到萬相不斷穿脫衣服的聲音，KH 不由自主的臉紅了起來，不過他還是故作鎮定的抽著他的香菸，一根接著一根……

「唷！沒想到可怕如 KH 你這樣的人，有個妙齡女子在附近換衣服，也會害羞成這樣啊？」說著說著，萬相的手就從後面摸向 KH 的臉，當她冰冷的手指接觸到 KH 右臉上時，KH 驚得從床上跳了起來。

「妳幹嘛？」KH 歇斯底里的大叫。

「真是的，反應過度嗎？」

萬相穿著一襲半透明的黑薄紗睡衣，一張亞裔少婦的臉盯得 KH 的臉又更紅了起來，他吞了一口口水，把視線移開，不經意的發現桌上多了一只信封。

「這是什麼？」KH打開了信封，裡面只有一張A4折成四分之一大小的紙張，攤開之後，裡面只有用中文很潦草的寫了三個字。

「禮拜堂。」KH唸了出來。

「什麼意思？」萬相問。

「終於來了……」KH陰冷的微笑，萬相瞬間明白了那封信的意思，還有那封信是誰放的。

入夜，天空依舊是雷霆萬鈞，大雨瀟瀟，而萬相眼中的KH，那隻黑暗中由殺氣凝聚而成的狂獸，開始狂放的張牙舞爪……

沒有多餘的人，偌大的禮拜堂裡就只有兩個人影，站在門口、全身濕淋淋的黑色狂獸剛站定，大氣直喘；站在基督聖像正前方，背對著狂獸的銀白獵豹手握銀色長鞭，沉寂無言。

唯一的共通點，就是兩人早已是箭在弦上，不得不發。

Silver深深的吸了一口氣，此時的他，已經恢復到數年前的自己，那個令殺手聞之喪膽的殺手獵人，銀。

「Ladies and Gentlemen！」Silver倏地張開了雙手，銀白大衣的衣角飛揚著，Silver隨即轉了過來，看著KH說：「今天，這裡是屬於我和你的最佳戰場，Killer Hunter！」

Silver右手食指指著KH，這時窗外一亮，銀白大衣反射光芒造成一道閃電，黑色大衣吞噬光芒變成一陣黑霧，屆時雷聲大作，兩人正式交鋒。

空氣爆破聲陣陣，伴隨著接踵而來的金鐵互擊之聲，只聞歇被閃電照亮的禮拜堂裡，KH被Silver打得節節敗退，身上穿的厚實防彈大衣，雖讓KH免於皮肉之傷，但是隨著每一鞭打中身體那撕裂皮肉的痛楚，卻讓他覺得比被子彈打中還痛苦。

「嘶……」KH痛得閉上了右眼，緊咬著牙關。

「嘖。」Silver收鞭，向後一躍，站在禮拜堂的椅背上。

「怎麼停下來了……」KH喘著氣，被抽了幾鞭的右臉上，慢慢的流出了鮮血。

「身為我名號的後繼者，為什麼如此無力？」不同於平常說話徐徐的牧師Silver，此時的殺手獵人銀的口氣，就像冰一樣的冷。

「別囂張了，我還沒出全力呢！」KH喝的一聲，手中握著的隨身小刀一瞬間射了出去，幾十把小刀快速的迎向Silver，但他連眼皮也沒有動一下，握著長鞭的右手快速一揮，小刀應聲落地。

看到此情形的KH隨即大步一跨，雙手十指共扣住的十把小刀就像爪子一樣，朝著Silver襲來。

Silver跳下椅背蹲了下來，銀色長鞭向上一甩，鞭身緊緊纏繞住KH的腰，Silver冷哼了一聲，右手向下一拉，KH整個人重重的摔在地板上，發出巨大聲響。

「激動，是戰鬥中最大的弱點，也是死穴。」Silver語畢又是一鞭，KH被甩了開來，背後紮紮實實的撞上禮拜堂高起的講台，已經遍體鱗傷的他禁不起這麼一撞，吐出一大口血。

KH倒地不起，Silver靜靜的走到他面前，從大衣口袋裡拿出一把手槍，丟到他面前。

「這是你用慣的武器，我希望你是在最佳狀態下跟我決鬥。」Silver說。

「呵。」KH冷笑，抬起右手把身體硬是撐了起來，接著彎腰撿起Silver丟在地上的手槍，拉了一下槍機讓子彈上膛。

「是貝瑞塔啊……不過沒關係。」KH把頭轉了一轉，發出喀喀的聲音，然後他擦了擦還留在嘴角上的血，看著眼前的 Silver 說：「你不要後悔。」

「我做事絕不後悔。」

「很好。」KH 扣了扳機，子彈擊發。

子彈擊發的巨大聲響迴盪在禮拜堂裡，回音裡摻雜了抽鞭時造成的空氣爆破聲更令人覺得恐怖。

KH 一邊躲著 Silver 的長鞭攻擊，一邊思考著。

自己至今遇過的敵人，用過的武器有狙擊槍、火箭筒、手槍，還有武士刀等的兵器，每一種都是讓 KH 認定的危險武器，只是自己總是在這樣危險的武器中殺出重圍，完成任務而不會丟掉性命。

只是眼前這個手持原始到不行的長鞭的銀色鬥士，為何遠比他之前所遇過的敵人還要棘手？

別說子彈一發都沒有擊中 Silver 身體了，有時擊出去的子彈還被 Silver 的銀色長鞭給打了回來，Silver 可怕得讓 KH 此時連輕鬆的表情都擺不出來。

KH 越想越慌，子彈擊發的頻率也高了起來。

Silver 搖搖頭，趁著 KH 還來不及扣下一次扳機的空檔，大步一跨來到了他的面前，使盡的抬腿一踢，KH被一腳踢飛。

「砰」的一聲，禮拜堂的大門被KH撞了開來，他飛出大門直接滾落在前方的草地上，雨恣意的瘋狂落在KH身上，身體滴著水，他在雨陣中站起來，搖搖晃晃的看著Silver從禮拜堂裡一步一步的走出來。

閃電映在銀白大衣上的反光，襯托了夜裡的詭譎恐怖，Silver慢慢的走進雨中，走到KH面前。

「火，被澆熄了嗎？」Silver問。

被他這麼一問，KH瞪大了眼睛，像是被雷打中一般恍然大悟，腦海裡充斥的是賢者曾經對他說的兩句話：

「總之，你身為殺手獵人的綜合能力，我已經看得非常明白了，你的確是成為殺手獵人的極佳人選，只不過現在的你，還缺少一樣東西。」

「沒錯，相信KH你見到他，一定能夠蛻變成完全的殺手獵人。」

「我終於知道了，完全的殺手獵人的條件。」KH抬頭，讓雨恣意的淋在他的身上，接著他深深的吸了一口氣，微笑，殺氣瞬間爆發。

「接下來，才真正開始揭開決鬥的序幕。」獵人望著獵人，緊握手槍。

「這樣才對。」Silver 微笑，殺氣激發。

12

不知道是冰冷的雨，抑或是 Silver 所說的那一句話的影響，KH 此時因為激動所四處散發的狂爆殺氣已經不再，取而代之的是不斷散發出來又迅速向內凝聚的厚實殺氣。

在屋內看著兩人戰鬥的萬相也看出了，KH 此時的巨變，原本瘋狂的黑暗狂獸已經蛻變，成為凝聚恐怖殺氣與巨大鬥氣的黑色巨獸。

「已經學會可以在戰鬥中自我冷靜了，是嗎？」站在一旁的萬相微笑。

Silver 看到 KH 如此的變化而感到欣慰，原本在 Ruse 手底下做事過的自己，非常了解KH因為長期接到完整且詳細的資料才去戰鬥，而失去原本獵人該有的，面對未知獵物時所需要的冷靜。

一個完整的獵人，不能只靠事前做功課來了解對手的底細，在戰鬥中逐漸摸清對手所做攻擊的路子，也是極為重要的一環。

只是KH長久以來只接受Ruse所給的資料的關係，反而把這最重要的東西給遺失掉了。

而眼前這個已經可以自由掌握自我散發出來的強大殺氣的黑色巨獸，就是他所認定的，KH最佳狀態。

「要上了！」Silver大聲一喝，手中的銀鞭席捲了大雨之勢迎面撲來，KH大眼一睜，沒有拿槍的左手迅速伸進大衣口袋裡，射出了一把小刀。

射出去的小刀正中銀鞭，鞭子前進的軌道一瞬間被打偏，前端只輕微的劃過了KH的左肩。

「還看的不夠清楚。」KH踩在積滿水的草地上向前奔去，每一步都激起了巨大水花，這時Silver收鞭，右手一轉，又是一記空氣爆破聲。

鞭子最前頭由實心鎢鋼製成的箭頭朝KH衝了過來，直取他的頸子。

自從認定KH擁有完整殺手獵人的實力之後，Silver所有的攻擊就不再留情，一鞭一鞭的直取他的要害，就像是在獵捕殺手一樣。

KH見到Silver的銀鞭直撲而來，他索性縱身一躍，落在地上翻滾了一圈之後，鑽進Silver的攻擊空檔，把手中握著的貝瑞塔手槍的槍口，抵在Silver的眉心。

雨漸漸停了下來，被幾道最後的雷所打中的路燈驟然起火，在附近因為線路不穩而停電的情況下，更顯得詭譎恐怖。

「我贏了。」KH說，扣下扳機。

「哦？」Silver右手一收，銀鞭的鞭身重重的打在KH背上，KH痛得身體一偏，子彈擦過Silver的顴骨，緊緊的嵌在禮拜堂外的牆壁上。

接著Silver朝KH的胸口一抽鞭，雙腳順勢向後一跳，拉開了與KH之間的距離。

「是時候該結束了。」Silver說，出手又是一鞭。

KH不斷的向右邊翻滾，躲下了好幾記鞭擊，而他也抓準機會開了好幾槍，Silver只好不斷的揮動銀鞭擋住子彈。

「你真的很厲害啊！」在Silver一次收鞭之後，KH站了起來，看著眼前這個被雨淋濕的銀白色殺手獵人，笑著說。

「嗯？」Silver 不解。

「我看我們再這樣打下去，一定會有一方被奪去性命，既然如此，你能不能回答我幾個我很想知道的問題呢？」KH 從大衣內袋裡拿出一個被鞭子打得扭曲不堪的菸盒，抽出一根歪七扭八的菸，點了起來。

「看來你真的變得很冷靜，現在的你，就跟閻王死鬥的時候一樣呢！」Silver 收鞭，把手插在大衣口袋裡。「雖然那時候，是你少有的幾次，偶然性的自我冷靜。」

「你看過我跟他的決鬥？」KH 問。

「聽說過，他是少數幾個我所認定的，殺不掉的殺手。」

「可惜他最後也不是死在我的手上的。」

「不然？」

「條子，條子殺的。」KH 深深的吸了一口香菸，吐出濃濃白霧。

「真是可惜的死法。」

「我也是這麼覺得。」

Silver 看著不斷抽著香菸的 KH，微笑了一下，然後問：「好吧！你想問我什麼？」

「你的鞭子是用什麼做的，還有那個尖得發亮的鞭子前端是怎麼回事？」KH 把手指向 Silver 握在手上的銀鞭。

「哦！你說我的鞭子啊？」Silver 望向銀鞭，把它拿起來甩了一下，說：「鞭身是用銀片包覆好幾條鋼絲所編成的，至於你說的鞭子前端，是實心的鎢鋼，所以你剛才的子彈才會被我打回去，可別小看這鞭子喔！甩起來的破壞力可是很大的呢！」

「這我剛剛已經領教過了。」KH 笑了起來。

「也是，呵呵呵……」Silver 笑著，長長的銀鞭閃閃發亮。

街上響起人們此起彼落的喧譁聲，因為大得誇張的驟雨已經停了下來，大家都出來看看到底這場雨造成的災害有多大。

「看來，我們得速戰速決囉。」Silver 偏頭點了一下圍牆外。

「我也是這麼想的。」KH 丟掉菸蒂，手中握著槍的手掌微微冒汗。

Silver 右手力量凝聚著，緊握住銀鞭的手掌因為過度用力而微微發抖，許久沒遇過如此強敵的自己，在原本平穩無波的心裡，起了一抹漣漪。

銀鞭抽了又抽，庭院裡，空氣爆破聲不絕於耳，而在 KH 眼中，那銀光揮舞的軌跡，似乎越看越清楚了。

KH 躲也不躲的站著，隨著 Silver 一次又一次的抽鞭，鎢鋼鞭頭打中 KH 頸子的傷越來越淺，在十幾鞭之後，KH 只靠上半身的左右移動，就輕輕鬆鬆的躲掉 Silver 的致命銀鞭了。

KH 嘴角上揚，舉起了貝瑞塔手槍，扣下扳機。

「砰」的一聲巨響，取代了原本在庭院裡不絕於耳的空氣爆破聲，而 Silver 的銀色長鞭，就這樣應聲而斷。

Silver 看了看只剩握把的銀鞭，笑了笑，然後望向十步之外，正用槍口指著自己的 KH。

「這次是真的最後了……」KH 說，再次扣下扳機。

一片寂靜，靜得連耳朵都能清楚的聽見水滴從衣服上、髮梢滴落的聲音，KH 舉著貝瑞塔手槍的右手沒有放下來過，面對著他的 Silver 靜靜的站著，沒有動過。

在最後那一秒，扣下扳機之後，貝瑞塔手槍發出「卡」的一聲，沒有子彈被擊發而射出槍口，沒有人失去性命。

只是這場死鬥，卻已經分出了勝負。

「我沒死，但你贏了。」Silver 把手插進大衣口袋裡。

「我的勝利是你造就的。」KH 把槍機拉回原本的位置，拋向 Silver，Silver 一把接住了手槍。

「我說過，我希望是在你最佳狀態下和你死鬥，我在對抗每一個敵人或是殺手的時候，都是如此，這是我的原則。」Silver 把貝瑞塔收進大衣口袋。「所以，即使輸給了你，我一點都不後悔。」

「追求敵人在與自己對壘時的潛力極致嗎……你跟我遇過的一個殺手很像呢！」

KH 點起了香菸。

「誰？」

「影劍歐陽永騏。」

「嗯，我知道這號人物呢！可惜沒有機會跟他一戰，最後他呢？」

「死了。」KH 吐出濃濃白霧，說：「卻還永遠的活著。」他指著自己的心口。

「呵。」Silver 搖了搖頭。「我終於完完全全的知道，你跟我最大的不同點，還有你為什麼會站在這裡了。」

「什麼意思？」KH 問。

「在你的心裡，有你目前對戰過的所有殺手，他們內心的強悍和精神，你原封不動的保存了，只是以前你無法融會貫通這種強悍，但是現在……」Silver 看著眼前正在抽著香菸的 KH，又是笑了笑。

「現在怎麼樣？」

「這個答案，你自己不是最清楚的嗎？」Silver 接著說：「那些你所遇見的殺手，你不像我一樣始終帶著仇恨心將他們終結，你很明白你真正的仇人不是他們，Ruse 沒有完全控制住你，沒有讓你變成一個只知道復仇的機器，於是命運選擇了你，讓你來到這裡改變自己，蛻變，最終改變殺手的命運。」

「我沒你說的這麼偉大，我從不相信命運。」KH 把菸蒂丟到地上踩熄，然後緩緩走到 Silver 面前，伸出了手，說：「不過，還是很高興遇見你，殺手獵人銀。」

握住 KH 的右手，Silver 微微的嘴角上揚。

「我也很高興遇見你，殺手獵人 KH。」

殺氣驟然而逝，抑或是英雄惜英雄，殺手獵人與殺手獵人從之間的相遇、衝突到最後的相知相惜，與對方相識的時間長短已經不是絕對的重點，重要的是那樣短的時間裡，已經徹徹底底的改變兩人的命運，與未來的方向。

「唷！有沒有發現我有什麼改變啊！」回到房間的 KH，對著背對著他的萬相歡欣鼓舞的大叫。

「變得更蠢了嗎？」萬相頭也不回的說。

「喂。」KH白了她一眼，關上了房間的門，才發現掛在房間的衣服都不見了。

「衣服怎麼都……嗯？妳在幹嘛？」KH挨近萬相一看，才知道萬相正在整理兩人的行李。

「整理東西。」萬相拉上行李箱的拉鍊。

「要走啦？」

「你的修業已經完成了，不走，難道你要留下來當牧師嗎？」萬相把KH的行李箱從地上拿了起來，放到床上，然後轉過來看著KH。

「所以現在要去哪裡？墨西哥？」KH一把提起自己的行李箱，無奈的搖搖頭說：「可是我傷得不輕耶！不讓我休息一下嗎？」

聽到這句之後，萬相原本收著行李的動作突然停了下來，看著KH，沉思了一下，然後她攤攤手。

「唷呼！可以睡覺了！」KH甩掉行李箱一跳，直接落在床上，下一秒卻因為壓到身上的傷而痛得哇哇大叫。

「沒救了……」萬相說。

屋外，禮拜堂外的大台階上，Silver 已經脫下他的銀白色大衣，手中握著跟 KH 借來的打火機，看著微微的火光在被置於一旁的銀白大衣上搖曳著，他搖了搖頭，把打火機丟向那微微火光，火焰瞬間激燃，吞噬了那閃亮銀白。

「殺手獵人銀，不復存在……」閉上眼睛，Silver 的腦中一片清晰，記憶中的血腥味不再，他想他的使命應該已經完成。

「接下來是你的時代。」起身推開大門，Silver 的身影漸漸的消失在禮拜堂的深處。

「It's your turn……Killer Hunter ,KH .」

冷冽妖豔，帶刺的女殺手集團X夫人之章

1

天才剛亮，KH就被一些窸窸窣窣的聲音吵得睡不著覺，睜眼一看，原來是萬相正在整理著她的行李。

好奇的他，很想看看萬相的行李裡到底暗藏什麼乾坤，畢竟萬相這麼常改變裝束，行李箱裡一定藏了許多道具才對。

半閉著眼睛，KH試著從棉被隙縫裡，看清楚萬相的行李箱，只是隨著萬相一件件的把衣服、化妝品放進行李箱裡，他卻沒看到最重要的東西。

易容面具呢？怎麼都沒看見任何一張面具？那她平時易容的時候換的面具到底是從哪裡來的？

「看夠了沒？」就在KH百思不得其解的時候，萬相拉上行李箱拉鍊，對KH問了這句話。

「差不多了。」被發現之後，KH也沒有擺出任何驚訝的表情，厚著臉皮坐起身子之後，他開始抓整他因為睡相不佳而翹得亂七八糟的頭髮。

翻開衣服看看自己的傷勢，身上一條條的紅色鞭痕還有點疼，上半身的骨頭也因為昨晚被打了好幾鞭而讓KH每一個動作都還帶著些微的痛楚。

穿起黑色的防彈大衣，KH打了一個大大的哈欠，這時萬相已經提著行李箱準備出門了。

「走吧。」萬相說。

「嗯。」KH提起行李箱，跟著萬相走出房間門。

長長的迴廊裡還是沒有人走動，兩人的腳步聲在長廊裡迴盪著，就像兩天前來的時候一樣。

「對了，我想問妳一件事。」在接近通往禮拜堂的門時，KH說。

「什麼？」

「妳為什麼這兩天都要跟我睡同一間房間啊？」

這時萬相突然停下了腳步，KH怔怔的看著她，過了幾秒，萬相走到門邊，拉開了門。

「因為我以為你會怕鬼。」萬相走進禮拜堂。

「什麼嘛……」KH 嘟囔著。

走到禮拜堂外面的時候，KH 回頭看了看教堂，禮拜堂門外有東西被燒過的餘灰，抬頭一看，Silver 正站在樓上的鐘塔看著兩人。

「再見了，銀。」

「再見了，KH」兩人同時說出這兩句話，雖然相隔太遠不可能聽得見，但他們都已經能清楚的了解對方的道別。

把行李箱提到肩上，KH 大步離開三一教堂。

坐上了計程車，兩人朝著賢者家的方向而去，一路上兩人沒有任何對話，萬相裝扮成黑人女子的臉看著窗外不發一語，KH 則是香菸一根接一根的抽。

雖然萬相平常話少 KH 是知道的，這是今天萬相身上似乎多了一點憂愁，但她沒有自己提出來，KH 自然也不會像之前一樣自討沒趣的胡亂問她。

「Thank you.」KH 說，接著兩人下了車。

接近賢者家門口，KH 看到孟菲斯早已經站在門口等著，他訝異的問：「他怎麼會知道我們什麼時候要來？」

「你剛剛在睡覺的時候，我打電話通知的。」萬相說。

「喔，我還以為他可以神到這種地步，其實看起來也還好嘛！」

萬相白了他一眼，搖搖頭繼續往前走，孟菲斯開門讓萬相和隨後跟上的 KH 進去。

「你完成修業了嗎？」一進門，坐在壁爐旁的賢者問著 KH。

「你是明知故問啊？老頭！」KH 一屁股坐在客廳的沙發上，逕自的點了根香菸。

賢者搖頭笑了笑，這時孟菲斯端了三個裝了紅酒的高腳杯來。

萬相接過了高腳杯，端詳著紅酒的顏色，喝了一口，而 KH 則是對眼前的紅酒不屑一顧，但是看著孟菲斯一副他不拿走杯子就要繼續站在他旁邊不走的樣子，他只好無奈的接過杯子。

「一大早的就叫我喝酒，我早餐還沒吃你知不知道？」才小小的喝了一口，KH 就把杯子放在桌上，繼續抽著他的香菸。

「這是餞別酒，喝了這一杯，之後大家就要各奔東西了。」賢者接過孟菲斯給的酒，喝了一口。

「你說大家是什麼意思？」KH 瞄了一眼萬相。

「我也要離開了。」萬相說。

「去哪裡？」突然聽到萬相這樣說的 KH 一驚，不可置信的問。

「我是一名殺手，有本身的任務所在，被派遣在你身上的任務已經完成，我沒有必要再繼續待下去。」萬相一口飲盡杯中酒，起身就要離開。

「這樣好嗎？就這樣回去可不是這麼簡單就可以結束的。」賢者意有所指的對著將要離去的萬相說。

「我早已經做好心理準備。」萬相回頭看著KH，黑人女子的臉已經換成她原本的歐洲女人臉孔。

KH被萬相這麼一看嚇了一跳，然而，驚嚇的原因不是因為萬相臨走前還看他一眼，而是他在平常帶著冷酷的萬相的瞳孔中，看見從來沒有顯現過的，無比的絕望。

「妳給我等一下！」KH起身就要阻止萬相的離開，但孟菲斯卻在這時候突然出現，擋在兩人中間。

「滾開！」KH伸手就要把孟菲斯推開，但是他的身體就像灌滿了鉛的鉛塊，任憑KH怎麼推就是推不動。

KH惱火，殺氣驟然爆發，右手扣住隨身小刀往孟菲斯身上就是一刺。

「什麼？」刀子停了下來，卻是在刺上孟菲斯之前。

KH看著自己被穩穩抓牢的右手，怎麼也掙脫不開，這時孟菲斯用力一推，KH整個人重重的摔到沙發上。

「我忘了說了，我上次是叫孟菲斯故意輸給你的，畢竟他是我的隨身保鏢，怎麼可能輕易的被打敗呢？」賢者頭抬也不抬的說。

「萬相，妳給我把話說清楚！萬相！」KH歇斯底里的大喊，但萬相終究還是沒有回頭，只是一步步的朝門口走去。

「再見了……KH……」萬相小聲的說，推開門離去。

「給我站住！」KH縱身一躍，高到足以越過兩百公分以上的孟菲斯，只是他還是被孟菲斯一揮手給打了下來。

看見萬相已經完全消失在自己的視線範圍之外，KH握緊了拳頭，充滿怒氣的轉向賢者說：「你最好給我解釋清楚，老頭！」

「她對於你，很重要嗎？」賢者喝著紅酒說。

「這……」KH被賢者這麼一問，愣了幾秒說不出話來，而賢者只是在一旁笑著。

「怎麼不說話？」賢者又問。

KH左顧右盼的思索怎麼回答賢者的問題，終於在他不經意的瞄到他扁扁的大衣口袋的時候恍然大悟似的「哦」了一聲。

「想到啦？」

「當然很重要啦！她還要帶我去墨西哥拿我的槍耶！」KH 坐了下來，如釋重負的點起了香菸。

「你是說這個嗎？」賢者揮揮手，原本站在一旁的孟菲斯走了過來，從西裝口袋裡拿出一把沙漠之鷹和一袋彈匣，遞給賢者。

「這是……」KH 瞪大了眼睛。

「你的槍，還有彈匣，前天晚上我請孟菲斯到墨西哥去拿回來了。」賢者把槍和一整袋的彈匣朝向 KH 方向一丟。

「你很多事。」KH 接過槍和彈匣，不悅的對賢者說。

「多事？你怎麼不說是無可奈何呢？」

「你有什麼好無可奈何的，老頭！」KH 看著眼前的賢者越看越討厭，起身就要走人，卻被賢者給叫住。

「幹什麼！」看著孟菲斯又走過來擋住自己的去路，KH 毫不猶豫的快速裝好彈匣，頂在他的眉心。

「有膽子，你就站著不要動。」KH張大了眼睛瞪著孟菲斯，黑色巨獸所散發出來有如排山倒海的殺氣震懾住了他，這瞬間，孟菲斯竟有些畏懼了起來。

「孟菲斯，讓開。」接著賢者站了起來，這時門鈴響起，賢者笑著說：「KH，你的客人來了。」

「什麼？」

「開門吧！孟菲斯。」

孟菲斯離開了KH殺氣圍繞的範圍，走向門口，這時KH也收起了殺氣，但他想直接離去的想法還是沒有改變。

「嗨！大家好！」一個滿頭亂髮，揹著背包的少年出現在門口，高興的對大家打著招呼。

「段風宇，初次見面，你好。」賢者對剛進門的風宇點了點頭。

「你好啊！賢者！」然後風宇把頭轉向KH，對他報以大大的微笑。

「這小子……」這時KH開始回想著，幾年前在台灣，在Ruse的酒吧裡面，曾經見過他。

「你是那個偵探小子。」KH看著風宇說。

「唷？你竟然還記得我啊？我記得那時候我們連話都沒有對上一句呢！」風宇走到KH旁邊的沙發坐了下來，「而且我今天是特地來找你的喔！」

「今天？你知道我在這裡？」

「對啊！本來是想要在昨天早上就去找你的，可是有一個牧師擋在門口不讓我進去，說什麼要你們最後決戰，害我昨天晚上很無聊的在飯店裡看電視看到天亮。」

KH疑惑了起來，眼前這看似開朗的少年讓他摸不著頭緒，來找自己？這是為什麼？

「因為我要跟你講事情啊！」風宇又是一個大大的笑，這時孟菲斯端了一杯可樂給風宇，他點了點頭說：「謝謝。」

「你……」KH被嚇得說不出話來。

「你現在心裡有兩個問題。第一，我怎麼會知道你在想什麼？第二，我怎麼知道你的行蹤？對吧？」

「沒錯。」

「第一個問題的答案就是，因為我從Ruse那邊學到看透人心的方法，很不可思議吧！但是很有趣呢！改天我教你。」風宇隨便胡謅道，喝了一口可樂。

「那第二呢？」KH的眉頭已經被這個少年給搞到皺起來了。

「第二個問題嘛……我這樣說好了，你在Ruse那邊的資料，都是我在更新的，這樣你懂了嗎？」

「什麼！」KH不可置信的看著眼前的風宇，自己在Ruse那邊的資料？也就是說……

「也就是說，我從你在台灣開始就在追著你囉。」風宇說到一半停了一下，似乎想到自己說錯了什麼，抓了抓頭。

「正確來說，應該是那次在SICKLE跟Ruse見面之後，他拜託我追查你的……哎呀！不好，我怎麼說出來了！哈哈哈……」

太假了，在KH的眼中，風宇不斷的在自己眼前裝傻，明明那樣的眼睛裡告訴KH的是他早已洞悉一切，但是卻裝作自己很蠢的樣子。

現在這個房子裡面，有一臉微笑卻充滿心機，跟Ruse一樣討人厭的賢者；有想殺自己且有過行動的孟菲斯；再加上一臉傻笑，裝傻裝到底的風宇，他實在是受不了，胡亂的把香菸熄在菸灰缸裡，KH起身就要走人。

「我是來幫你的。」風宇對著剛從自己身邊經過的KH說。

「什麼意思？」KH停下腳步。

「沒有別的意思。」風宇放下杯子，搖了搖頭。

「你在幫Ruse做事，我不相信你。」KH又邁出一步，這時風宇站了起來，拍上他的肩膀。

「幫他蒐集你的資料，只是為了錢，我總是要活動費的嘛！我可是個體戶，不受任何人控制的。」風宇微笑。

聽到這句話，KH轉了過來，風宇給了他一個「相信我吧」的表情。

KH笑了笑，說：「你要怎麼幫我。」

「用我最強的武器，情報。」風宇說，微笑。

「有意思……」KH嘴角上揚。

殺手獵人KH、偵探段風宇，正式聯手。

2

「啊！好複雜啊！」一個人待在房子裡的子紹抱著頭，歇斯底里的大喊！看著眼前的日文入門，他有一種想開槍轟爆自己的頭的衝動。

來日本也有許多天了，他不能去東京逛街，不能去大阪看風景，連富士山長得怎麼樣他都不知道。

而且什麼拉麵、壽司、蓋飯跟他完全無緣，他只能不斷的吃著望月買來的便利商店的便當，然後猛K小套房裡，堆積如山的日文課本。

「饒了我吧……」子紹乏力的趴在桌上。

「認真！」接著子紹的肩膀被一把大紙扇打中，痛得他哇哇大叫。

「可不可以休——」子紹轉頭向後看，望月正高興的看著電視裡的搞笑節目大笑，氣得子紹牙癢癢的。

「不行！」又是一記紙扇攻擊，望月離開盯著電視的雙眼，看著子紹說：「搞清楚啊！你現在不是徐子紹，是我的兒子望月鳴介，知不知道？」

「是……」鳴介繼續把頭埋在書堆裡。

「あ、い、う、え、お、か、き……」鳴介不斷唸著五十音，但是又冷不防的被望月報了一記紙扇攻擊。

「別吵我看電視！」望月說。

「喔……」

「說『是』！」望月又揮了一記紙扇。

「是……」

「大聲一點！」紙扇又重重的落在鳴介肩膀上。

「是！」鳴介大喊。

「很好。」望月拿起遙控器把電視音量調大，然後恣肆的狂笑了起來。

鳴介低頭做出無力的表情，繼續練習日文。

不知不覺天已經黑了，望月關掉電視大喊肚子餓，轉頭看見鳴介戴著耳機趴在桌上睡得很熟，望月搖搖頭，拍了拍他的肩膀。

突然被拍了一下的鳴介醒了過來，慌亂的唸起五十音：「あ、い、う、え、お……」

「你在做什麼？」望月問。

鳴介把耳機拆了下來，怔怔的看著望月。

「我……」鳴介嚇得簡直要哭出來了。

「我沒那個力氣打你，我肚子餓了，今天帶你去吃好一點的，走吧！」望月拿起掛在衣架上的夾克準備要出門，卻看到鳴介還坐在書桌前不動。

「還不走？想吃泡麵啊？」望月說。

「是！我馬上準備。」說著鳴介衝進房間裡。

「真是的……」望月搖搖頭，笑了笑。

車子行駛在東京的街道上，一路上五光十色的霓虹燈讓鳴介看傻了眼，只能盯著車窗外的景色發呆。

「發癡呆啊？」望月說。

「沒有……好久沒有出來外面了，感覺好舒服。」鳴介笑了笑。

「呵，是嗎？有沒有想吃什麼？」望月問。

「呃……我一直很想吃正統的吉野家蓋飯，可以嗎？」

「明天把簡單的日文會話學起來，可以嗎？」

「沒問題！」鳴介大喊。

「那我們就走吧！」轉動方向盤，望月的馬自達在路口一個急迴轉，嚇壞了路上的所有人。

第二天之後，望月沒有再喚他為鳴介過，而是像之前在台灣時一樣叫他做子紹，這種亦師亦友亦父的關係，讓子紹有著一種前所未有的，心暖的感覺。

「可惡，真是的。」傍晚，當子紹埋頭在書堆裡的時候，望月回家，憤怒的罵了幾句子紹聽不懂的日文髒話，然後坐在客廳抽著悶菸。

「怎麼了？」子紹走到望月身邊，遞了一杯水給他。

接過水，望月大口的一飲而盡，然後重重的把杯子打在桌上，讓子紹嚇了一跳。

「該死的警視總監，竟然說要讓你讀完小學、中學之後才讓你考警察，這不是太過分了嗎？」望月大大的吸了一口香菸。

「雖然有點誇張，但他說得沒錯……」子紹說。

「你幾歲？」

「二十五……」

「你能想像你坐在一群只到你大腿的小學生中間，學著數學、日文，還有歷史的樣子嗎？」望月看了子紹一眼。

「這……」

望月搓了搓下巴，把香菸熄在菸灰缸裡面，然後又點起了一根，站在一旁的子紹看得有點著急。

這種尷尬的氣氛持續很久，望月抽著香菸不說話，子紹站在一旁搓著手指，邊冒著冷汗。

突然間，子紹像是想到什麼一樣的拍了一下手，望月被這突如其來的聲音給嚇了一跳，過去對著子紹說：「怎麼啦？」

「不用擔心。」子紹用日文說。

「為什麼？」望月也用日文回答他。

「相對於我們要做的大事，考取警察資格這點對我們只是一點小事不是嗎？我不是警察，但是望月刑警你是啊！等到抓到 KH 還有殲滅 HELL 之後，再來討論這些事情不就好了嗎？」子紹自信的微笑著，望月看了之後笑著搖頭。

「你還真開朗。」望月說。

「就像辦案一樣，陷入桎梏之後就要反向思考，才能豁然開朗啊！」然後子紹拿出他的日文自學書給望月看。「不過這個就沒辦法豁然開朗了。」

望月大笑，子紹也搔搔頭笑了起來。

就在子紹準備要回房間，這時望月的手機突然響了起來，他接起手機。

「望月昌介警官嗎？」電話那頭傳來略帶美國腔的日文說。

「我是，請問你是哪位？」回答完，望月順便望了一眼手機的螢幕，沒有來電顯示。

「我是ICPO的Light。」電話另一頭說。

「等你很久了。」望月微笑。

煙霧瀰漫的飯店房間裡，KH正整理著他從Ruse那買來的，X夫人麾下殺手的資料。

一旁的筆記型電腦嗶嗶的在響，接著連著電腦的傳真機也送來了幾張新資料，KH拿起傳來的資料翻閱，當他看到幾頁資料的最後一句，用手寫的『幫你更新很多資料唷！厲害吧！』的時候，他不屑的哼了一聲。

「風宇那小子果然一點都不正經嘛……」然後他把手中的新舊資料重新裝訂，放在桌上。

「接下來是天使嗎？不知道是不是真的有翅膀。」看著自己放在桌上，殺手「Angel」的檔案，KH笑了笑，點了根香菸。

拉開窗簾，打開窗，紐約市的喧囂瞬間進入耳裡，霓虹燈閃閃爍爍，映在KH的臉上，卻是一片黑暗。

又吸了一口香菸，吐出濃濃的白霧，KH心想，跟X夫人正式交鋒的時刻終於到了，這一戰究竟是生是死，連他自己也不知道，他只知道自己既然已經踏進來到美國這第一步，下一步是必然要踏下去的。

閉上眼睛，KH深深的吸了一口氣，再次張開雙眼的一瞬間，獵人之瞳，殺氣瞬間激發。

而同在紐約市的風宇，和KH一樣站在窗台前看著夜裡城市不夜的喧囂，滿是笑容的他難得沉下臉來，他閉上眼睛，深深的吸了一口氣。

「但願計畫能順利進行……」風宇說。

另一方面，日本東京。

在傍晚時分接到那通電話之後的望月，已經整整把自己關在房間裡一整個晚上了，子紹不知道是發生了什麼事情，只知道應該很重要，所以沒有過去打擾望月，只是繼續讀著他的日文自學書。

隔天一大早，望月叫醒了趴在書堆裡熟睡的子紹，子紹睡眼惺忪的看著他，望月的兩手各提著一個行李箱。

「要出去玩？」子紹迷迷糊糊的說。

「不是。」望月搖搖頭，說：「要去法國里昂。」

「法國？」子紹聽到這句話，一下子被嚇醒，驚得彈起身來，把桌上的書弄倒一地。

「對，我們要去國際刑警組織 ICPO 的總部，拜訪一個很重要的人。」望月把拿在右手空的行李箱丟給子紹。

「整理一下行李，不過不用太多，大概去個兩三天就會回來了。」望月點起了香菸。

「拜訪誰啊？」子紹拿起行李箱走到衣櫃旁，把衣服一件一件的塞進去。

「世界最強的偵探，Light。」

「最強的……偵探？」子紹說。

「沒錯。」望月吐出濃濃的白霧。

「望月警官，你說那個最強的偵探，是怎麼樣的人啊？」坐在望月車子裡的子紹問著他。

「嚴格說起來，我也不知道他是一個怎麼樣的人，甚至連他是男是女，是老是少我都不知道。」左手握著方向盤，望月右手伸出車窗外，把菸灰彈掉。

「不過他的能力應該很強吧？」

「嗯，幾乎所有ICPO的會員國裡面，所有的國際刑警都知道他的存在，來歷不小。在ICPO裡面，有兩名大偵探，一個是堪稱就算要找的人死了，也能查到其身分，甚至家族族譜都可以找得出來的尋人偵探F；另一個就是，不管什麼懸案到他手上就像切豆腐一樣輕鬆的破案天才，也就是我們現在要去找的Light。」

「所以說他們兩個是全世界警察的終極武器囉？」子紹說。

「嗯……其實還有一個人，是一個後起之秀，聽說他出道到現在，破的案子不多，但破案的速度都快得驚人，就好像他親眼看見事件的發生經過，或是他要找的人平常就在他旁邊走動一樣，據說叫做Mihael Holmes，是個華裔英國人。」望月吸了一口香菸，說：「而且聽說到前陣子我們回來日本為止，他人曾待在台灣一陣子。」

「那怎麼不找他呢？他距離我們近多了。」

「這就是問題所在，他會插手的事件通常都是他主動去找的，也就是他感興趣的事件，他才會插手，至於他的行蹤嘛……別說我們日本警方或是台灣警方了，連ICPO也很難聯絡得到他，更別說找他幫忙了。」

「難道說連那個F也找不到他？」子紹疑惑的問。

「呵，說不定ICPO也沒想到這個問題吧。」踩著油門，車子緩緩駛近成田機場，帶著滿腹疑惑下車的子紹，還有對Light充滿信心的望月，即將前往國際刑警組織的總部。

3

法國里昂，沙多拉國際機場。

經過幾個小時的飛行，馬不停蹄的來到里昂的望月還有子紹，在機場外招了一部計程車，前往位於國際刑警組織總部附近的金頭公園。

只是下了車之後，望月並沒有直接進入公園，而是先站在路邊的吸菸區抽起香菸來。

「怎麼不進去呢？」子紹問。

「國外比較嚴格，公共場所禁菸，所以我只好在戶外的吸菸區抽菸囉。」說完望月又吸了一口香菸，剛進入冬季的法國顯得有點涼意，看著跟自己一起站在戶外抽菸的人們，望月笑了一下。

「你先進公園走走吧，等等我就會過去了。」望月說。

「好。」

子紹拉起風衣的領子擋住涼意，縮起脖子走進公園裡。

冬天的公園裡人不多，獨自坐在公園長凳上的子紹顯得很不自在，畢竟是第一次來到法國，走來走去看見的都是講著自己不懂的法語的當地人，子紹只好拿出他帶來的日文口袋書研讀了起來。

「可以一起坐嗎？」一個男人用帶著濃濃英文腔調的中文對子紹說。

「請。」子紹抬頭瞄了他一眼，繼續把視線放在書上。

兩人就這樣靜靜的坐著，隨著秋末涼風的吹拂，子紹的頭髮被微微的吹動，他閉上眼睛，靜靜感受著這異國帶給他的感覺。

突然，子紹驚覺到有些不對勁，他抬起頭看了看坐在自己旁邊穿著大衣、戴著扁帽的男子，對他說：「我在懷疑一件事。」

「什麼事？」男子問。

「你是 Light 嗎？」

被子紹這麼一問的男子震了一下，隨後露出輕輕的微笑說：「你很厲害，劉子紹警官。」

「我早已經不是警官了，現在只是望月警官的養子。」子紹收起口袋書。

「怎麼看出來我是 Light 的？」Light 向後躺在椅背上，把扁帽前緣稍稍提了起來。

「嗯，是時間點的問題，剛跟望月警官約好，然後又突然在我或他的身邊出現的人，不是 Light 會是誰呢？」子紹笑了一笑。「不過我也是猜測啦！不然我也不會用問你的這個方法了。」

「你的第六感，還不錯。」Light 穩重的聲音裡，藏著對子紹無限的讚許。

其實在望月主動聯絡 Light 之後，他就找了 F 來幫他查一查望月的來歷，還有背景，其中他對望月從台灣帶回日本的子紹大感興趣。

「F，你說，這個日本的超級刑警，不顧一切的把這個台灣人帶回日本去，目的是什麼呢？」Light 嘴巴咬著菸斗，在電腦前打著鍵盤。

「如果我猜得沒錯，應該是為了要挖角他吧！但是根據我所查到的資料，這個徐子紹在台灣的破案率不高，表現也平平，不知道這個望月昌介是根據什麼理由才想把他挖角到日本去的。」螢幕上傳來F回給 Light 的話。

「我相信是，他的潛力。」Light 按了送出，抽了一口菸斗，又輸入了一些字給F：「畢竟破案率跟國家警察的制度有關，如果上頭的人老是搶功，那下面的人就算能力超群也無法晉升，不是嗎？」

「也對。」

「套句中國的諺語，『人不可貌相』，那個最近幾年才來到 ICPO，看似散漫的偵探小子，不是也常常讓我們大吃一驚嗎？」

「看來你對那個劉子紹很有興趣囉？」

「嗯，我想去見識看看，這個被日本首屈一指的刑警挖角過去的新生代警察有多麼厲害。」右手拿起菸斗，Light 吐出了一口濃濃的白霧。

⊕

靜謐的街道，沒有人聲喧譁，位於紐約市郊區的一棟別墅裡，燈光幽暗，讓人望之卻步。

但此時的萬相卻站在街道上，一步步的走向這棟恐怖的別墅。

推開圍牆外的鐵製雕刻大門，她望了門口一眼，一個頭上戴著高帽，披著一襲長斗篷的人影站在別墅門口看著自己。

卸下易容裝束的萬相臉色看上去顯然蒼白許多，前進的雙腳也微微顫抖著，有如自己前往的地方是個斷頭台。

「萬相，妳來啦？」斗篷男子陰邪的微笑。

「影鬼，你老是喜歡講廢話。」萬相瞥了一眼影鬼說。

「因為我怕妳進去以後，就可能再也沒有跟妳說話的機會啦！咿哈哈哈哈哈！」影鬼放肆的狂笑著，而萬相臉上不屑的表情也更加明顯了。

「又是廢話。」不理會影鬼站在一旁恣肆的狂笑，萬相轉動門把，打開了別墅的門。

屋內壁爐燃著火燄，因為房子裡只開了幾盞落地檯燈，火光搖曳時形成的影子晃動，更讓萬相心生恐懼。

壁爐前的木造椅子上坐著一個人，但因為燈光太暗加上那人背對著自己，讓萬相沒有辦法看到那人的臉，只是自己被召來的目的很明顯，所以萬相連猜都不用猜就知道那人的身分。

「異王大人，屬下萬相前來回報。」

異王沒有回答，只是點了點頭，伸出了手一揮，示意萬相開始報告。

「屬下失職，沒有殺掉KH這個心腹大患，自願接受懲罰。」萬相雙腳一跪，低頭不語。

異王生氣的拍了一下椅子的扶手，發出「砰」的巨響，這時在屋外的影鬼快速的跑到異王身旁，跟他交頭接耳了一番。

萬相低著頭不敢多看一眼，除了自己本身很懼怕異王之外，犯錯之人不許正視異王之面，必須低頭靜待懲處這點也是異界的規矩。

影鬼和異王講了好一會兒的話，直到影鬼來到萬相的面前，叫萬相把頭抬起來。

萬相抬起頭，看見影鬼陰邪的笑，然後看到影鬼身後，已經轉過身來且用斗篷把臉遮起來的異王。

「萬相，妳犯了大錯。」斗篷裡面，傳來萬相感到很陌生的聲音。

萬相瞪大了眼睛，正準備要起身向前看的時候，影鬼朝著她的肩膀用力一壓，她失去平衡的雙膝重重的撞在地上。

異王慢慢的走到萬相面前，看著努力抬頭看著自己的萬相，他哈哈大笑，把斗篷給放了下來。

「是你！」萬相大吼，甚至不敢相信自己的眼睛所看到的。

前所未有的邪氣就像針一樣，深深的刺進萬相的身體裡，眼前這男人眼神裡所散發出來的恐怖氣息，嚇得她一句話都說不出來。

一揮手，屋子裡走出了幾個彪形大漢，用鎖鏈把萬相給緊緊的綑了起來。

「帶下去。」那男人說。

看著萬相被幾個彪形大漢拖走之後，影鬼走向已經回到椅子上坐下的男子身邊問：「主子，現在怎麼處置她？」

「你說呢？」男子瞥了影鬼一眼，陰邪的笑著。

「越來越好玩了呢！咿哈哈哈哈哈！」影鬼開心的大跳大笑，在幽暗的房間裡更顯得詭異萬分。

4

「呼、呼、呼……」剛在飯店裡殺了一個政商名流的紅蓮，氣喘吁吁的邊跑在飯店後方的防火巷裡，邊脫下身上沾滿鮮血的晚禮服。

跑到防火巷最底端之後，紅蓮拿出大提包裡的紅色皮衣，而一絲不掛的她在巷子裡就直接換起衣服來了。

這時她手提包裡的手機響了起來，她接起手機，說：「我是血腥瑪麗。」

「任務已經完美達成，我正要回去。」她拉起皮衣的拉鍊。

「我知道了。」紅蓮掛上電話，把染血的晚禮服收進提包裡，慢慢的離開防火巷。

門外響起敲門的叩叩聲，正抽著菸斗，看著窗外的X夫人轉了過來，說了聲請進。

紅蓮慢慢的推開了門，走了進來，半跪在地上，然後她對X夫人點了點頭，說：

「Madam，我回來了。」

「嗯。」X夫人吸了一口菸斗，吐出濃濃的白霧。

「三天後，Angel有一個任務，在時代廣場上，目標是一名美國國會的議員，這次我派妳在場監控所有行動，如果有什麼異動，要盡全力支援她，知道嗎？」

「我明白了，Madam，只是……我還有一件事情想問。」

「妳說吧。」

「關於KH……有下文了嗎？」紅蓮偷偷抬起頭看著X夫人。

X夫人搖搖頭。

「是嗎……」紅蓮有點失望。

「妳怎麼會對他的消息這麼關心呢？還是妳上次被派到台灣去的時候，跟他有什麼接觸？」X夫人撇頭轉向紅蓮。

被X夫人這麼一問的紅蓮心裡一驚，連忙搖搖頭。

「KH他是我們殺手的公敵，上次與他對上之後，才知道他的確是一個必須消滅的敵人，屬下只是擔心，而且這個人不能放著他不管，他的人已經在美國境內，如果他的目標是我們，而跑到紐約來，這……」紅蓮低著頭拚命解釋，而這個觀點的的確確也是X夫人從未想到的。

「妳說……他的目標會是我們？」X夫人問。

「屬、屬下只是猜測，畢竟他是以殺手為目標，現在在美國，勢力最大的也是Madam您，屬下深怕KH會對Madam不利。」

「有道理……」X夫人吸了一口菸斗，沉思了一會兒。「這個不知天高地厚的毛頭小子，現今這個世界上，還沒幾個人敢動我X夫人的殺手，連異王都跟我井水不犯河水，除了那個老頭之外……」

「Madam，您在想的是……」

「會有這麼囂張的舉動，塑造出這麼囂張的角色，除了 Ruse 還會是誰？」X夫人站了起來，說：「我見過那個老小子一次，雖然外表看不出來，但他的眼睛裡充滿了深深的陰謀，跟他早年出道時所號稱的『謀神』如出一轍。」

「而且他還想毀掉我們？」

「不只，他想統領整個殺手界，他的野心極大，要不是還有我和異王這兩個這麼大的勢力在暗中抵制他，他早就飛到我們頭上踩了。」

「異王靠著強大的全世界殺手聯通網路，監視著 Ruse 麾下在暗中活動的殺手們，而我是因為離他太遠，想要攻破我很困難，而且只要他麾下殺手一有動作，異王馬上就會通知我。」X夫人把菸斗送到嘴邊輕輕咬著，看著窗外。

「那我們應該不用擔心 Ruse 的小動作嗎？」紅蓮問。

「但是他很聰明，使小動作、來暗的不行，乾脆弄了一個殺手的天敵出來，弄得殺手界人心惶惶，這個 KH 也不是第一個殺手獵人了。」

「殺手獵人，有很多個嗎？」

「嗯，光是我知道的，以前就有三個殺手獵人存在，而現在這個是第四個了，而且這些毛頭小子，竟然一個比一個棘手……」

「好可怕的人。」紅蓮不自覺的打了個哆嗦。

「妳是說 Ruse，還是殺手獵人？」X夫人轉過來問著紅蓮。

「是 Ruse，跟他相較起來，殺手獵人還不夠可怕，那些殺手獵人就像他的武器一樣，武器壞了可以再換，如果不解決這個左右手各握著殺手和殺手獵人這兩個強力武器的首腦，我們解決了再多的殺手獵人，他們還是會不斷的催生出更多的殺手獵人。」

「Mary，妳很聰明。」X夫人說。

「不敢，屬下只是不希望，我們的組織敗在那種卑鄙無恥又權謀詭計多端的人手上而已。」

「我也是，無論如何一定要把 Ruse 給解決掉，所以……」

「所以？」紅蓮問。

「我決定把殺手獵人 KH，吸收到我的麾下，不然就是退而求其次，與他合作，把 Ruse 的組織徹底消滅。」

「Madam，這，太冒險了。」紅蓮緊張的說。

「會的，我一定要找到籌碼，只要有了籌碼在手中，無論如何他都會跟我合作。」X夫人微笑，抽了口菸斗。

離開X夫人房間之後，紅蓮不斷的思索著，尤其是把KH招過來的這件事讓她很在意，但是不管怎麼樣，能跟KH再接觸一次當然是最好的，畢竟很多事情都還沒有釐清。

「如果你真的要針對我所屬的組織，過不了多久，我一定會見到你的。」紅蓮心想。

Light和望月坐在咖啡廳裡聊著，子紹很無聊的被晾在望月旁邊看著日文自學書，不時還偷偷聽著兩人的對話，雖然都是他聽不懂的法文對話。

「你說的是那個殺手獵人……是吧？」Light轉著手中的原子筆，看著桌上沒抄幾行字的筆記說。

「相信你對他也做了一番研究吧？畢竟這麼大的犯罪行動，ICPO沒有理由不注意到的。」望月搓著下巴。

「呵，說老實話，根據ICPO的紀錄，你口中所說的殺手獵人KH，在紀錄裡只是一個普通的台灣地區連續殺人犯而已。」Light 不置可否的笑了一笑。

「原來 ICPO 這麼不注意台灣地區發生的事啊？還是因為台灣的警方不是 ICPO 所屬的會員國之一，所以你們才一點都不重視那裡所發生的犯罪事件呢？」望月用帶著諷刺的口氣對 Light 說。

「你的語氣聽起來有點諷刺的味道，或許 ICPO 內部是這麼想的，但我們可不是一點都不重視國際犯罪的呢！尤其是一個跨國殺了近千名殺手的殺人犯。」

「你說的『我們』，指的是……」

「當然是我，還有F囉。」Light 笑了笑。

「你可以說說看你對他的了解程度嗎？」

「你在考驗我嗎？」Light 開玩笑似的問。

「據我了解，KH 他的後盾不是普通的可怕，如果在幾乎一無所知的狀態下跟他對上，那就只有束手待斃的份而已。」

「這點我得承認，Ruse 那個老狐狸的確是很可怕。」Light 啜了一口杯子裡的咖啡。

「看來你也是知道的不少嘛。」望月說。

「這是我的工作。」Light 微笑。

「很高興跟你合作。」望月伸出了手。

「我也是。」Light 伸出手，兩人握手。

「接下來呢？你和F打算怎麼找到 KH ？」離開咖啡廳之後，三人走在里昂的街頭，經過了 ICPO 的總部之後，來到金頭公園外。

「我們 ICPO 內部的資料蒐集得很龐大齊全，而且我和F都是授權可以直接調閱機密文件來看的人，加上F的搜尋網路，你放心，最快三天內就可以找到 KH 的下落。」Light 說。

「希望能像你說的一樣順利。」望月點起了香菸，說：「在這裡抽菸應該不會被抓吧？」

「遇到警察我來搞定囉！」Light 笑了笑。

「有你這句話我就放心了。」望月抽著香菸，這時 Light 朝著坐在公園外長椅上的子紹走了過去，望向子紹正在看的日文口袋書。

「你在學習日文嗎？」Light 用中文說。

「呃……是啊。」子紹不好意思的收起口袋書。

「這麼年輕就被予以重任，有沒有壓力？」Light 拿出菸斗和火柴，把菸斗裡的菸草點了起來。

「有一點，不過跟著望月警官，讓我覺得很放心。」子紹給了 Light 一個充滿信心的微笑。

「聽說他在台灣曾抓到 KH 過，當時你在場嗎？」

「在。」

「那他為什麼要把抓到手的 KH 給放走呢？」Light 問。

「這……」被 Light 這麼一問的子紹說不出口，因為不知道望月是否已經把真正原因告訴 Light，如果沒有，自己是不是該說呢？

子紹偷偷望向正在抽著香菸的望月，這時望月正好也轉了過來，他對子紹點了點頭，表示答應。

子紹也對望月點了頭回應，然後回頭望向 Light，說：「因為，望月警官說他要放長線釣大魚。」

「放長線釣大魚？是中國的諺語嗎？意思是什麼？」

「就是現在安排長遠的計策，而後能得到更大的利益，望月警官是想用 KH 這個魚餌，釣上 HELL 這條大魚。」

「原來如此。」Light 點了點頭，抽了口菸斗。

「HELL……很可怕嗎？」子紹不好意思的問。

「你不知道 HELL？」

子紹搖搖頭，說：「我不知道。」

「你知道陰陽兩極嗎？我記得這是中國的理論。」Light 說。

「我知道。」

「就像中國的陰陽之說一樣，這世界總是有兩個被分化的力量，一個就是正極的力量，就像警察有所謂的 ICPO 這個組織；而另一個就是負極的力量，也就是 HELL 組織。」Light 在子紹旁坐了下來。

「ICPO 和 HELL，是對等的存在？」

「沒錯，已經好幾年了，兩方依舊在互相較勁，警察跟黑道，這兩個互相衝突的存在，卻也是密不可分的存在。」

「那望月警官想要殲滅 HELL……是不是不可行？」

Light 想了想，又抽了一口菸斗，吐出濃濃的白霧。

「不知道，只能說他這樣做非常冒險，因為他做的是別人從未做過的大事，但是他這樣做，等於和全世界的黑道組織過不去，我想這條路非常難行。」

「既然這麼危險，你會不會不想幫他了？」

「這個嘛……我想每個人心裡都有『正義』兩個字，我當偵探也是希望能將我心中的正義貫徹到底，所以我才會幫他。」

「正義啊……」

「有什麼問題呢？」

「我以為你們都是以破案為第一要先，原來在你們偵探心中，正義也是一樣的重要。」

「不，在我的心中，正義才是最重要的。」Light 說。

「我相信望月警官的自信和不畏危險，而我也相信你所說的正義，一定會幫助他殲滅 HELL 的。」

「我同樣也期待著，你的表現。」

「我？」

「你總有一天會明白的，為什麼望月警官要特地從台灣把你挖角過去，我覺得你是那樣的人物，總有一天一定會發出光芒的。」

「你太抬舉我了。」子紹尷尬的呵呵笑。

「聊完了沒？該回飯店了。」這時望月走了過來，催促著子紹。

「那我先走了，一有消息會馬上通知你。」Light 起身。

「嗯，這三天內我還會繼續留在里昂，你一發現了什麼，我也會馬上趕過去的。」望月說。

「那我們保持聯絡囉，再見。」Light 咬著菸斗轉身離開了公園，離去時還對兩人揮了揮手。

5

已經在飯店裡連看兩天資料的 KH 猛抽著香菸，心情悶到極點，除了 Angel 的資料之外，他只能看著飯店裡的付費電視，只是美國人的幽默他一點都不懂，只好一直看著新聞台。

「呼啊！」KH 打了一個大大的哈欠，這時傳真機又傳來風宇查到的，殺手 Angel 的最新動態，他無趣的抓了抓臉，撕下傳真紙。

「希望這個天使可以趕快飛出來透透氣，不然我都快悶死了。」然後他望向紙上風宇用手寫的，斗大的五個字「她有任務了」。

光看到這五個字已經足夠讓 KH 提振起精神，他快速的翻閱完下面詳細的資料，然後用打火機把資料給燒掉。

紙張燃燒的火光搖曳在 KH 的臉上，映出他嘴角上那個又將墮進黑暗裡的笑容。

「這樣才對嘛。」KH 說。

隔天夜晚，紐約市時代廣場。

KH 站在一棟大樓的頂樓上向下俯瞰，冬天的白雪把紐約渲染得一片雪白，而那一片白色中的人流、車流，在他的眼中就像螻蟻一般的渺小。

高空上的空氣對流特別強烈，一陣又一陣的強勁夜風吹在他的身上，黑色防彈大衣的衣角也被吹得微微飄動了起來。

試了好幾次之後，他把好不容易點燃起來的香菸叼在嘴巴上，風吹得菸頭發出了一閃一閃的暗紅光芒。

不再像平時那樣多話，他一語不發，身體內那無限擴張的黑色殺氣正在醞釀，現在的他，看起來就像一頭長了翅膀的黑色巨獸。

右手插著口袋，他把左手抬了起來，取下叼在嘴巴上的香菸，吐了口濃濃的白霧，說：「時間到了。」

就在今天下午，當KH還在飯店裡準備晚上要用的武器之時，飯店的櫃檯人員突然打了通電話到他的房間，說是有個留言紙條，請他下去樓下櫃檯取。

「搞什麼……」KH在電梯裡抓抓頭，發著牢騷。

一出電梯，KH朝著飯店櫃檯走去，向櫃檯人員詢問留言紙條的事情。

「Here you are.」櫃檯人員遞給KH一張折成四折的紙條，KH接了過去。

「又是這個臭老頭……」KH把上面寫著「速來」且署名Sage、英文的賢者的紙條撕碎，丟進大廳的垃圾桶裡。

「你找我來想幹什麼？」坐在賢者旁的沙發上蹺著雙腿的KH，無奈又生氣的問著賢者。

「聽說，你今天晚上要去殺X夫人的殺手了，是嗎？」賢者拿著湯匙攪拌著杯子裡的咖啡，然後又倒了一點牛奶進去。

「你是明知故問。」KH點了根香菸，說：「反正風宇那小子也是會告訴你的吧？你何必再問我一次呢？還是老人都喜歡把話重複問個幾次才高興？」

「呵，我只是要提醒你一件事。」賢者說。

「什麼？」KH歪著頭問。

「記得我上次跟你說的，完全的殺手獵人這件事嗎？」

「記得啊！你不是說我跟Silver對戰過之後，就可以變成完全的殺手獵人了嗎？」

「我是這麼說過。」賢者聞了聞咖啡，啜了一口。

「講話慢死了，所以我才不喜歡跟老人說話。」KH沒好氣的轉了過去，吸了一口香菸，搖搖頭小聲的說。

「但是我錯估了一件事，這不是你的能力或是面對敵人時的態度，而是你的心。」

「我的心？」KH問。

「你對她有感情了吧？」賢者轉過頭來看著KH。「我是說萬相。」

KH瞪大了眼睛，激動的站了起來，對賢者大吼：「怎麼可能？你在胡說什麼？」

「你對我說謊沒有關係，但你無法對你自己的心說謊。」賢者站了起來，看著KH說：「殺手獵人是不能帶著感情做事的，一有了感情，就算是完全的殺手獵人，也會淪為待宰的羔羊。」

「我不想聽你說廢話。」KH 轉身就要離開。

「想想你家人怎麼死的，什麼才是最純粹的你？」

聽到這句話的 KH 腳步停頓了一下，然後低著頭繼續向前離開。

閉上眼睛，感受北風刺骨的 KH，深深的吸了口香菸，然後向前一彈。

「為什麼，要讓我想起我最不願意回想的事……」KH 說。

四年多前，凱浩剛剛成為殺手獵人時，前一個月並沒有殺過任何殺手，他一天到晚都獨自待在花蓮老家裡，看著空蕩蕩的房子發呆。

「爸……我這個決定是對的嗎？」坐在沙發上的凱浩拚命抓著頭，卻理不出一點頭緒。

點上一根香菸，才剛學會抽菸的他對菸味還是很不習慣，輕輕的咳了幾下之後，他把香菸熄在桌上的菸灰缸裡。

這時他的手機響了起來，拿起手機一看，是 Ruse 打來的電話。

「喂。」凱浩說。

「有任務，晚上七點，到 SICKLE 來，有問題嗎？」

「沒有。」

「好，你還有六個小時準備東西，先這樣。」Ruse 看了看牆上的時鐘，掛上電話。

凱浩把手機收進口袋裡，慢慢的走上樓梯，進到自己房間。

乾淨整齊的房間裡，床上突兀的擺著一把沙漠之鷹手槍，還有一整排的彈匣，他默默的把彈匣一個一個的收進放在一旁的黑色背包裡，然後把沙漠之鷹放進外套口袋。

開著車在前往台北的路上，凱浩心裡一直有一種莫名的徬徨感，當然當殺手已經兩個年頭過去，殺人這種事已經不是第一次了，但他現在的心情就像第一次當殺手出任務那樣的不安。

「我到底是怎麼了？」凱浩笑了笑，拿出菸盒裡的香菸，點了起來。

「這是你第一次出任務，我不會這麼急著讓你去送死，這是你這次要對付的殺手。」Ruse 把一封牛皮紙袋丟向坐在吧檯邊的凱浩。

「這是什麼？」凱浩打開牛皮紙袋，裡面的幾張照片加上一疊資料讓他看傻了眼。

「資料。」Ruse說。

「不是要我全部讀完吧？」凱浩大驚。

「你可以選擇不看，然後直接去送死；如果你選擇看，那你還可以握有一些籌碼，你自己選擇吧。」Ruse轉身倒了杯酒，喝了一口。

「可以給我一杯嗎？」凱浩說。

「可以。」Ruse拿出另一個杯子，擦了擦，然後倒了杯酒遞給凱浩。

凱浩邊喝著酒邊看著資料，其實這幾張紙對幾乎過目不忘的凱浩來說，要揹起來是輕而易舉的，只是他在當殺手的時候都是自己去找資料，從沒有接受過這種模式，所以有點不適應。

時間一分一秒的過去，等到凱浩讀完所有資料且背熟的時候，已經是晚上六點半了。

「時間差不多了。」凱浩看了看錶。

「開車到那邊差不多需要十分鐘左右，你還大可以守株待兔。」然後Ruse又倒了兩杯酒，把其中一杯遞給凱浩，說：「敬你。」

「謝了。」凱浩一口氣把一杯酒喝完，然後拿出菸盒點了根香菸。
「等我凱旋歸來吧。」凱浩轉身離開 SICKLE。

6

紐約的天空開始飄起雪來，KH 伸出手接住飄下來的雪，握在手中，感受它的冰冷。雪白的結晶把 KH 的黑色防彈大衣染成一片一片的白色，KH 拍拍自己的大衣，然後又點了一根香菸，沉思。

凱浩的保時捷停在台北市東區的住宅區裡，他下了車，環顧著四周的一切動靜。
根據 Ruse 所給的資料，這名殺手是準備要暗殺今天晚上下班回家的富商第二代，而那名殺手擅長的武器，是一把鋒利無比的藍波刀。
「不知道是他的刀快，還是我的槍快。」凱浩伸手摸了摸皮外套口袋裡的沙漠之鷹。

靠著車子抽了幾根香菸等待時間過去，這時一部跑車從外面路口駛進，車燈亮得讓凱浩看不清楚車子裡有什麼人，不過根據資料裡的車號來看，這個人就是那個被下單要殺掉的那個叫做徐民富的富商第二代沒錯。

「接下來就只剩那隻『夜鴉』了。」凱浩在車子經過他的同時，把香菸丟在地上踩熄，接著將口袋裡的沙漠之鷹拿了出來，上了膛。

因為Ruse沒有特別指定是否要留下被下單的人活口，所以大可從容的等那名殺手殺了目標之後，自己再偷偷的從那殺手的背後下手。

這也是，殺手一貫的模式。

徐民富將車子停在自宅大門外，下車準備把車庫大門打開，而當他把鑰匙伸進開關鎖的那一剎那，一個身影從他的身後竄出且快速的向他跑過去。

「終於出現了……」凱浩緊握著手中的沙漠之鷹向前衝。

只是事情發生得太快，在凱浩還沒有做好準備的時候，一聲從前方傳出來的悶哼傳進他的耳朵裡，然後他看到徐民富痛苦的握著左胸倒地。

「該死……」凱浩加快跑步的速度，這時前方的殺手夜鴉也注意到奔跑過來的凱浩，連忙收起刀子離開。

「別跑！」凱浩快步的跑過了徐民富，躺在地上的他握著左胸，全身不斷抽搐，周圍的馬路上也被流出的鮮血給染紅一片。

「救……我……」徐民富勉強的擠出幾個字，右手發抖的抓住凱浩的腿。

「我救不了你。」凱浩掙脫開他的手，向前走了一步，然後他停了下來且轉頭對他說：「但我可以替你報仇。」

把頭轉向前方的黑暗裡，凱浩邁開步伐向前衝去。

凱浩邊跑邊找尋夜鴉的身影，最後終於在一棟豪宅前，看到正在抽著香菸的他。

「你是誰？為什麼要追著我？」夜鴉問。

「我是來終結你的人。」凱浩冷冷的說。

「殺手嗎？我還沒聽過殺手敢像你這樣黑吃黑的，膽子不小。」夜鴉把頭轉向凱浩，亮出手中的藍波刀。

「我不是殺手。」凱浩掏出已經上膛的沙漠之鷹，把槍口對著夜鴉說：「我是殺手獵人。」

「呵呵……口氣真大啊！看看是誰被誰獵殺吧！」沒有預警，丟下菸蒂的夜鴉突然的大步一跨，闖進了沙漠之鷹的瞄準範圍之外，凱浩後退了幾步，但夜鴉快速的逼近，讓他無法當下就直接瞄準夜鴉開槍。

「獵人只有這種程度不行喔！」夜鴉把手橫向一揮，凱浩的外套瞬間多了一條割痕，裡面的衣服也被割了開來，微微的鮮紅渲染了開來。

「該死。」凱浩扣下扳機，隨著槍聲巨響，槍口射出了銀白子彈。

挨近凱浩的夜鴉躲過了這一擊，然後又是一記橫向揮刀，這次的傷口比前一次還深，殷紅的血液直接噴了出來。

「呃……」凱浩緊抓著胸前傷口，然後又對夜鴉開了一槍。

只見夜鴉輕鬆的躲過凱浩的胡亂攻擊，大步一跨，來到他的面前，且抓住他的手臂向上抬，讓自己離開沙漠之鷹的攻擊範圍。

「你這算哪門子的獵人？」夜鴉打掉凱浩手中的沙漠之鷹，握著刀子的右手往前一刺，不料卻被他突如其來的一記迴旋踢給踢飛，刀子也掉落在地上。

「該死。」夜鴉看到凱浩正要彎腰撿起被打掉的沙漠之鷹，他迅速的起身撿起地上的刀子，朝著凱浩衝去。

這時，一聲極細微的空氣穿透聲傳進凱浩的耳裡，夜鴉並沒有注意到這聲音，凱浩撿起槍之後朝聲音傳來的方向望去，一個人影迅速的跑進一旁巷子，接著他聽到夜鴉悶哼了一聲。

轉過頭來之後，凱浩看見夜鴉握著藍波刀的右手流出大量鮮血，夜鴉發著抖，五根手指頭越來越不聽話，越來越鬆、越來越鬆……

終於，在他右手再也無法用上半點力氣之後，他拚死命握著的刀還是掉了下去。

「你的幫手？」夜鴉苦笑的問著站在眼前，正用槍指著他的凱浩。

「我沒有幫手，我想他應該是個很憎恨你的人。」凱浩步步逼近夜鴉。

「命該如此、命該如此……」夜鴉搖搖頭。

「早知道有這樣的下場，當初就不應該幹殺手。」凱浩對夜鴉說，同時也是在對自己說。

「或許吧……容許我點根香菸嗎？」夜鴉捏了捏中彈的右手臂，然後拿出了菸盒，用嘴巴咬出了香菸，點了火。

「要來一根嗎？」夜鴉把菸盒遞到凱浩面前。

「我自己有。」凱浩拿出放在口袋裡的菸盒，點了根香菸，然後在他旁邊蹲了下來。

「我死定了，對吧？」夜鴉說。

「嗯。」凱浩吸了口香菸。

「可以完成我最後一個願望嗎？」夜鴉邊說，邊掏出西裝口袋裡的皮夾，亮出他的刑警證。

「我不想讓大家知道，我刑警徐亞風就是殺手夜鴉。」夜鴉把皮夾遞給凱浩，凱浩接了過去。

「你要我怎麼做？」凱浩說。

「我死了之後，打這個電話，他們會幫我處理我的屍體，而且服務很周到。」夜鴉把只印有一行電話號碼的名片給凱浩，說：「你想要留著這張名片也可以，說不定你以後也會用到。」

「可惜我不是警察，不用隱瞞身分。」凱浩把名片和皮夾收進口袋。

「也對。」夜鴉吸了一口香菸，然後把菸蒂彈遠，說：「動手吧。」

凱浩沒有說話，只是默默的站起身，走到夜鴉身後，舉起他手中握著沒放開過的沙漠之鷹。

「悔恨自己的罪孽吧。」凱浩說。

「彼此彼此。」夜鴉笑了笑。

又一聲槍響傳出，附近的鄰居感到不對勁，向窗外一看，剛好看見一個男子手中拿著槍，對著坐在地上的另一名男子，嚇得他趕緊報警。

「是誰？」身後又飛來一顆子彈把夜鴉的胸口打穿，接著他聽到後方傳來急急忙忙關窗戶的聲音，凱浩知道他不能久留在這裡，於是他趕緊拿出手機，照著夜鴉給的號碼打過去。

響了幾聲，電話被接了起來，一種很明顯是用變聲器變化過的聲音說：「我是古魯斯。」

「原來是神話故事裡食屍鬼的名字啊！難怪會叫他來處理屍體了，簡直是名副其實的屍體處理專家。」凱浩心想。

「我有一個屍體要你來處理，地點是在……」

「我知道了。」凱浩的話才說到一半，古魯斯匆匆忙忙的就把電話給掛斷了，凱浩丈二金剛摸不著頭腦，但他還是趕緊離開了現場。

就在這個時候，一個人影從暗巷裡走了出來，看到凱浩已經開著車離開之後，他拿起口袋裡的手機，撥了通電話。

「我是天龍，那小子已經把目標解決了。」天龍說。

「嗯，我明白了。」電話那頭傳來老人的聲音。

「不過啊！這小子還真是驚險呢！讓他當獵人真的沒問題嗎？」

「廢話別多說，已經有警察接到報案，正往你那邊過去了，你可不想讓他們看到他們的長官龍顯待在殺人現場吧？剩下就交給古魯斯解決了，你趕快離開那裡。」老人說。

「好好好。」龍顯掛上了電話，點了根香菸，邊走邊抽著香菸說：「殺手獵人……是嗎……」

隨著遠方街道上的警笛聲越來越近，龍顯也漸漸的消失在巷子裡。

7

天台上躺滿了許多菸蒂，獨自站在下著白雪的天台上，已經超過一個小時的KH，他的雙眼依舊眨也不眨直視著下方時代廣場裡，甚至連一丁點的發抖也沒有。

純粹的黑色，這是殺手獵人只需要染上的顏色，其他的顏色對自己來說都是不被需要的存在。

賢者的一句話，讓他身為殺手獵人的心態回到原點。

沒有感情、沒有波動，出任務時只靠著最原始的願望行事，而他現在心裡最該想的只有兩個字：

復仇。

「目標出現了！」KH耳朵裡的耳機傳來風宇的興奮呼叫聲。

「我馬上下去。」拍了拍已經堆積在大衣上，一層厚厚的白雪，然後轉身離開天台。

五光十色的時代廣場裡面，聚集著各式各樣的人們，有正在約會的情侶、無所事事的青少年、出來逛街購物的名人，當然也有躲在黑暗中對人類虎視眈眈的掠食者——

殺手。

只是這些殺手萬萬沒有想到，他們的天敵竟會和他們走在同一條街上。

「人在哪裡？」KH用對講機問著風宇。

「呃……我看一下。」坐在露天咖啡座上吃著麥當勞漢堡的風宇，拿起望遠鏡巡視廣場，左看右看，忽然眼前一片漆黑，他嚇了一大跳。

「哇啊！」風宇拿下了望遠鏡，向前一看，看見KH正站在他面前雙手插著口袋，一臉不屑的看著他。

「你要吃嗎？」風宇笑了笑，伸出了手，把吃到一半的漢堡推到KH面前。

「別鬧了。」KH把風宇的手撥開，在他身旁坐了下來。

「你變了呢。」風宇咬了一口漢堡說。

「怎樣變了？」KH問。

「變得跟我第一次去SICKLE一樣時令人覺得可怕，你總算找回當時的心情狀態了。」

「廢話很多。」

「還好囉！」風宇大口的把剩下的漢堡塞進嘴裡，然後指著前方的一棟飯店說：

「八樓，8015號房。」

「了解。」KH起身走向飯店。

⊕

「媽的……妳這女人……」國會議員羅伯特衣衫不整的從床上跌了下來，腹部被銳器砍傷，他緊緊的抓住腹部的傷口，痛得五官全都揪在一起。

這時床上一個全身赤裸的女人冷冷的看著她，手中還握著一把小刀。

而沒有握著刀的左手，輕輕的拂過女人自己腰間的雙翼紋身。

Angel，墮落的黑暗天使。

「不好意思，羅伯特議員，你的生命我就帶到天堂去了。」那女人緩緩的把放在一旁的衣服穿上，然後一步步朝著他走了過去。

「妳、妳不要過來！」羅伯特驚恐的向後爬行，雙手胡亂的東抓西抓的，終於在讓他抓到他的公事包時，他笑了一笑。

「嘿嘿……妳這下賤的婊子死定了！」羅伯特右手往公事包裡一摸，卻找不到他要找的東西。

「議員，你在找的是這個東西嗎？」她從她放在梳妝台上的手提包裡，拿出一把小手槍。

「妳……什麼時候？」羅伯特瞪大了眼睛。

她微微的笑著，手上亮得令人發寒的刀子逼近。

發不出下一聲慘叫，羅伯特喉嚨流出來的血，滲遍了半張地毯。

「願主祝福你。」Angel 閉上眼睛，沾滿血腥的雙手十指緊扣。

「任務完成。」在洗手間裡洗著手的 Angel，對著耳朵上的無線電耳機說。

「很好，妳先出來吧！我在樓下的露天咖啡座等妳。」耳機那頭傳來紅蓮的聲音。

「收到。」Angel 關上水龍頭，走進房間裡，對著胸口被刻上 X'M 的羅伯特議員的屍體，獻了一個飛吻。

「好可惜，你的床上功夫還不錯呢！」Angel 伸手打開了房間的門，走了出去。

哼著歌、手上轉著手提包的鏈子，Angel 心情輕鬆到讓她的步伐一跳一跳的，就像在飯店走廊上跳舞一般。

「嗯？」突然間，她發現一個穿著黑色大衣的男人站在離她幾步遠的地方看著自己，她歪著頭看了看他。

「你擋路了耶！」Angel說。

「妳是Angel？」KH嘴巴吐露出來冷若冰霜的音調，讓Angel全身震了一下。

「沒想到……我這麼有名啊？」故作輕鬆，Angel的手卻慢慢的伸進手提包內，拿出剛剛才得到的小手槍。

「我想知道你的名字耶！小帥哥！」Angel笑著。

「那妳要記好，到時候記得到地獄那告我一狀。」KH舉起右手上的沙漠之鷹說。

「哦？可是我是天使，應該是去天堂吧！」Angel冷不防就開了一槍，子彈正中KH的心臟部位，KH應聲倒地。

「呵。」Angel掩嘴偷笑，把手槍收進包包裡，繼續往前走。

「可惜……我真的很想知道你的名字呢……」走過倒在地上的KH時，Angel還蹲了下來，摸了摸他的臉。

「那就讓我說完怎麼樣？」KH倏地張開眼睛，扯斷了Angel手提包的鏈子。

「你……」Angel簡直不敢相信。

KH躺在地上用手把Angel的脖子硬扳了下來，讓她的耳朵靠近自己的嘴巴，然後小聲的說：「我是殺手獵人，KH。」

Angel 聽到這個名字，嚇得按下耳機無線電的按鈕，紅蓮原本還以為 Angel 又像平常一樣完成任務之後偷跑出去玩了。

只是這次她聽到的不是 Angel 說她已經坐上計程車，歡天喜地的說她要去逛街，而是聽到一聲槍響。

「該不會……」坐在露天咖啡座的紅蓮抓起手提包，緊張得往飯店的方向衝去。

「跑得真快呢！可以參加百米賽跑了。」坐在露天咖啡座另一頭的風宇，看著匆匆忙忙跑走的紅蓮微笑，喝了一口冰咖啡。

在時代廣場上，紅蓮神色慌張的跑著，這時從飯店外就可以看到大廳裡每個人都慌慌張張的走來走去，或是小聲耳語。

進了飯店大廳，紅蓮還以為大家是在討論剛才的槍聲，只是當她走過去一聽，他們卻只是在討論一樓廁所被放火的事情。

「這是怎麼回事？」當紅蓮坐上電梯來到八樓的時候，卻只看到空蕩蕩的走廊，不用說 KH 了，連 Angel 在哪裡都沒看見。

「妳在找誰嗎？」聲音從紅蓮身後傳出，她向後一看，風宇正笑嘻嘻的看著自己，而昏倒的 Angel，被一旁的 KH 扛在肩膀上頭。

「紅蓮，我們又見面了。」KH 說。

《殺手獵人 K.H.》Case Two，完

Killer Hunter外傳——萬相誕生

1

人來人往的火車站裡，人群來來去去的，這裡對他們來說只是一個交通中繼站，在這裡多留一秒鐘都算是浪費。

但是，即使匆忙如火車站這樣的地方，還是會有一群在這生存的人們。

沒有什麼行動能力，只是坐在角落拿著碗、空的罐頭尋求來去行人幫助的人們，稱之為乞兒。

而躲在黑暗角落，對著行人虎視眈眈，等待時機出手奪食的掠食者們，就是俗稱的扒手。

「別跑！抓住那個扒手！她扒了我的皮包！」一個婦人大喊，眾人轉過頭去，只見一個嬌小的身影迅速的穿越過人群之後逃逸無蹤，而婦人也被要上火車的人潮給擠進車子裡，只留下無助的吶喊。

「呼、呼……」Crystal 衝進一旁的小角落，不停的喘著氣。

「越來越熟練了呢！」Nate 拍上她的肩膀說。

Crystal 從口袋拿出剛剛奪來的真皮皮包，得意的對 Nate 笑著。

這樣的掠食生活兩人已經一起過了幾年，一開始從普瓦圖的各個車站，一路來到法國的首都巴黎，就這樣一路躲、一路扒來往路人的皮包過活。

相對於 Nate 有錢花錢的個性，Crystal 想得比較遠，她總是把兩人得手的錢分成三份，一份給 Nate，一份供自己花用，而剩下的一份一直放在她從 Nate 那接收過來的破爛側背包裡。

這四年來，都是如此。

Crystal 和 Nate 坐在路邊吃著麵包，Crystal 拍拍側背包，鼓鼓的。

「Nate……我們還是要這樣繼續下去嗎？」Crystal 問。

「什麼意思？」Nate 喝了一口奶茶。

Crystal 放下拿著麵包的手，看著 Nate 說：「我們都已經當扒手這麼多年了，這幾年下來，我覺得很幸運，也很開心，說幸運是因為我們從來沒有被警察抓到過，而開心是因為，跟你在一起……」

聽到 Crystal 這麼說的 Nate，臉一下子羞紅了起來，拿起麵包就猛啃。

「但是……我覺得我們不能再這樣繼續當扒手了。」

聽到這句話，Nate 啃咬麵包的動作停了下來，而他手中的麵包也這樣滾落到地上。

「妳說這句話是什麼意思？」Nate 的臉一瞬間沉了下來。

「我的意思是說，我們可以找正當工作，不要再——」Crystal 的話還沒說完，Nate 用力把裝著奶茶的杯子摔到地上，奶茶灑了滿地。

「妳開始嫌棄我們曾做過的事了，是嗎？」Nate 冷酷的眼神直瞪著 Crystal 看，看得她不知所措的。

「不是這樣的，我沒有……」Crystal 急忙搖手解釋。

Crystal 從來沒看過這麼生氣的 Nate，即使這四年來有過大吵小吵不斷，但是兩人總是過幾秒鐘就會像以前那樣和睦，只因為在 Nate 的眼中，始終有那樣溫柔的眼神。

但現在站在自己眼前的 Nate，他的眼神中竟有著 Crystal 從未看過的，極為陌生的冷酷。

「裡面有多少錢？」Nate 指著 Crystal 揹著的側背包說。

「兩千歐元左右。」Crystal說。

「夠妳生活了。」說完Nate轉身就要離開，Crystal伸手抓住了他的袖子，他停住了動作，但下一秒馬上把Crystal的手甩開。

「為什麼……」Crystal眼眶泛紅。

「妳的想法已經跟我不一樣了，妳不想再當一匹流浪的狼，而是想當一頭被圈養的綿羊。」Nate回頭望著她，說：「而我依舊是一匹狼，一匹永遠不會變溫順的狼。」

聽到這裡，Crystal已經泣不成聲了，而她抬頭一看，Nate的臉上竟也流著不捨的淚水。

「這四年，我也過得很快樂，希望妳能順利回歸平常人的生活。」Nate走近Crystal，一把就把她給抱了起來。

「再見……」Nate離去前，對Crystal說出了這句，他最不想說的話。

入夜，巴黎的冬天還沒下雪，街道上卻添了濃濃的涼意，Crystal一個人坐在路旁沉默不語，只是看著街上的霓虹燈發著呆。

自從Nate離去之後，Crystal沒再說過話，腦子裡卻是一幕又一幕兩人開心的過去，有時想一想，眼眶也會不爭氣的流下淚來。

「唉唷！有個小美人呢！」一個聲音從 Crystal 的身後傳來，她向後一看，有兩三個年輕人看起來喝得很醉，連站起來都搖搖晃晃的，但他們卻用著貪婪的眼神看著自己。

Crystal 沒有說話，只是用著已經哭腫的雙眼盯著他們看。

「好可憐呢，一個人坐在這裡哭，要不要我們來好好的安慰妳啊？」接著其中一個人上前就想抱住 Crystal，但是被她很輕易的閃了過去。

「嗯？那個小美人上哪去了？」他搖搖晃晃的找尋 Crystal 的身影，一回頭卻看見她站在馬路另一邊，手上多了幾個皮夾。

這時他們幾個突然酒醒，摸摸自己的口袋，才知道自己的皮夾早就被 Crystal 扒走了。

「可惡的臭婊子！把我的皮夾還來！」

「妳信不信我把妳扒光，吊在艾菲爾鐵塔上？」

「還有還有，把妳丟進多瑙河裡！」最後一個人大喊。

「哈哈哈！笨蛋！多瑙河在德國啦！」其中一個人打了他的頭。

「對喔！哈哈哈！」

「嗯？那婊子呢？」當眾人笑得不可開支的時候，剛剛想抱住 Crystal 的年輕人才發現她早就已經不知去向了，氣得他們不斷在路邊大罵法文髒話。

「一群笨蛋。」Crystal 走到小巷子口，正要把剛剛扒來的皮夾放進側背包的時候，手腕卻突然被抓住了。

「誰！」Crystal 一驚，轉過身一看，一名看上去三四十歲的法國男子正微笑的看著自己。

「我剛剛都看到了，把皮夾還給他們吧。」他說。

「……」Crystal 盯著他沒有說話，左手偷偷的伸進左邊的褲子口袋，然後抓出一堆沙子，撒向男子的臉。

男子一驚，抓著 Crystal 的手也鬆了開，而她就趁這時機掙脫男子，跑離他的視線範圍。

「嘖嘖嘖……」等到 Crystal 跑遠之後，男子才剛用手帕把臉上的沙子都清乾淨，他看著落在地上的皮夾，無奈的搖了搖頭。

男子回到剛才的街道上，幾個年輕人已經停止了永無止境的謾罵，只是無力的醉倒在路邊，口中依舊喃喃自語。

「臭婊子……」

「還給我皮夾……」

男子靜靜的走到他們身邊，現出他手中的皮夾給他們看。

幾個年輕人看了眼睛一亮，除了感謝男子之外，紛紛要求他趕快把皮夾還給他們。

「想要皮夾？跟我來。」說完男子走進了一旁的暗巷。

雖然一頭霧水，但是他們全部都跟了男子進去暗巷。

巷子裡有別於外面街道的光明，幾乎伸手不見五指，他們左看右看時發誓不想在這種地方繼續待下去，於是懇求的語氣變成了恐嚇。

「喂！趕快把皮夾還我們啦！不然殺了你喔！」帶頭的年輕人耍狠說。

「殺我？」男子問。

「當然，再不還我我就殺……」話才說到一半，他的喉嚨一瞬間被切了開，瞬間鮮紅色的血就這樣噴灑而出。

在一旁看到如此恐怖場景的其他人，立刻想要拔腿就跑，但是雙腳卻顫抖的不聽使喚。

「我會留一個。」男子語氣像冰一樣冷。

「你、你為什麼要殺……」這次發言的年輕人連頭都掉了下來。

剩下的最後一個看到他們的下場，嚇得連尿都控制不住，稀哩嘩啦染濕了整條褲子。

「剛才你們想對扒你們皮包的少女做什麼事，你們最清楚。」男子把手插進口袋，惡狠狠的看著他。

「我、我記住你的臉了！我會告訴警察！」他大喊。

男子一聽反而大笑，他彎下腰把臉湊近那個年輕人，說：「記住我的這張臉也沒用，因為這不是我真正的臉。」

「什麼……」

「我說過，我會留一個人下來，而這裡只剩下你，所以我不會殺你，但是我要你牢牢記住我的名字。」男子走過年輕人，緩緩離開暗巷，離開前他回頭對年輕人說：「我叫做千相。」

2

隔天，巴黎日報頭版大肆報導昨晚在巴黎街頭發生的兇殺案，電視媒體也接著跟進，整天電視新聞裡看到的都是這則新聞。

巴黎警方根據留下來的少年的供詞，在巴黎市境內展開強力的搜索，完全不放過任何一絲一毫的可能。

Crystal 一個人走在街頭，不經意的瞄到報紙裡面所刊登的，被害少年的照片，她嚇了一大跳。

「這不是……」她認出照片裡的少年，正是昨晚被她扒走皮夾的那幾個人，激動的 Crystal 拿起報紙，看著少年所說的，那個年約三四十歲的男人，身穿大雪衣的法國男子。

太像了，簡直就是昨天抓住她的手，叫她還皮夾的那個男人。

Crystal 緊抓著報紙發抖，尤其是看到少年們的死法的時候，她無力的跪了下來。

這時一隻手把她手中的報紙抽了起來，Crystal 一看，是報攤的女老闆。

「不買報紙的話，不要在這邊影響我的生意。」滿臉橫肉的女老闆不屑的看著眼前穿得破破爛爛的 Crystal 說。

「哼！」Crystal 一把將報紙搶了回來，然後從側背包裡隨手拿出一張鈔票，扔在女老闆臉上。

「兇什麼啊？肥豬！」Crystal 對她做了個鬼臉，隨即快步跑開。

「妳說什麼！」女老闆大吼，抓下臉上的鈔票，本來想追出去，但是看到剛才 Crystal 丟的竟然是一張二十元的歐元鈔票，才放棄追出去的衝動。

Crystal 一個人坐在公園的長凳上看著剛剛買來的報紙，越看越確定昨晚那男人一定拿著自己掉在地上的皮夾回去，然後殺了他們的這個推論。

只是為什麼要殺了他們呢？Crystal 想了半天也想不明白，不過在她的眼裡，那些人是比當扒手的自己還不如的人渣敗類，死得再多都不足惜。

隨手把報紙向地上一丟，Crystal 決定不把這件事放在心上，而是好好去考慮自己的下一步該怎麼做。

只不過流浪的生活過久了，突然要回到正常人的生活，對自己來說是有點困難。

正常人的生活？Crystal 想起自從開始流浪在火車站乞討開始，加上跟 Nate 當扒手流亡的日子，算一算也有快十個年頭了，何謂正常人的生活？她早就已經忘得差不多了。

笑了笑，Crystal 不經意的望向自己身上破破爛爛的衣服，決定先把這身衣服給換掉，然後好好洗個澡再說。

找了一家很不起眼的服飾店，買了幾套新衣服和一個新的手提包，再找一家便宜的旅館，進去裡面好好的梳妝打扮了一番。

站在鏡子前面的 Crystal 看著穿上新衣服的自己，赫然發現自己原來可以這麼乾淨整潔，而且自己再也不是當初那個，在家裡被母親打扮得漂漂亮亮的小女孩了。

看著有如此大改變的自己，Crystal 很滿意的多照了一陣子鏡子，才到樓下櫃檯去辦理退房。

看到 Crystal 有這麼大改變，櫃檯人員一開始還認不出她的樣子，直到她把之前身上穿的那襲舊衣裳和那破爛的側背包丟給櫃檯人員叫他幫忙丟掉之後，他才勉強相信了 Crystal 的大改變。

「原來改變的感覺這麼好。」Crystal 輕快的走在路上，享受她從未感受到的，改變後的清新氣息。

就這樣晃著晃著，在她不經意的走到一條街的時候，看到一條由許多人排隊形成的長長人龍。

她好奇的走過去看，遠遠的就看到斗大的招牌寫著「來自中國的神祕變臉大師——鄭昭」的字樣。

什麼是變臉？為什麼可以吸引這麼多人？這點讓 Crystal 感到好奇，而自己想著想著，也不知不覺的加入了那條排隊的長龍中。

一進場才知道這場表演有多麼受歡迎，偌大的表演廳裡擠滿了前來觀看表演的人潮，即使從小在人潮洶湧的火車站裡長大的 Crystal，也為這滿滿人潮感到驚訝。

選了一個最前排的位子坐定，Crystal 看著空無一物的舞台，除了一張木製雕花桌子和幾個花瓶當佈景，其餘什麼都沒有。

「這樣算什麼表演，什麼道具都沒有嘛。」Crystal 喃喃自語。

「這位小姐。」這時候坐在 Crystal 身旁的一位亞洲男子禮貌的對她點了個頭，用著很流利的法文說：「您是第一次看變臉這種表演吧？」

「你怎麼知道？」Crystal 問。

「因為變臉這種表演，是不需要任何其他的道具的。」男子說。

「不需要道具？那要怎麼表演？」

「您看了就知道囉。」

當 Crystal 還為那男子說的話感到疑惑的時候，另一個男子從舞台邊走了過來，跟她身邊的那個男子交頭接耳一番。

「我知道了。」男子起身離開座位，在離開之前他轉了回來，伸出手來要跟Crystal握手。

「歡迎妳進入，變臉的奇幻世界。」他說。

「什麼？」Crystal不解。

男子笑而不語，而是跟著來跟他說話的人一起走進舞台旁的門裡。

「奇怪的人……」Crystal白他了一眼。

過了一會兒，布幕被拉了下來，燈光也調暗了，這時全場的人屏息以待，準備迎接他們心目中最精采的表演。

而只有Crystal一個人，還在思索剛才那亞洲男人說的話。

「到底有多奇幻呢？」Crystal心中期待著。

就在場內一片靜謐之時，大家依稀聽到，舞台上所傳來的微微音樂聲，隨著燈光越暗，由中國樂器所發出的悠揚樂聲越來越大。

布幕瞬間拉開，一個身著中國古代服飾的男子戴著黑色的彩繪面具，一動也不動的站在台上，低著頭，雙手交叉放在眼前，擺著蘊藏著爆發力的姿勢。

音樂越轉激動，表演者就像開關被打開一樣的，開始在舞台上跳著舞蹈。充滿爆發力又隨著悠揚音樂擺動的舞蹈震懾住了Crystal的心，現在的她一點思考能力都沒有，只能直盯著舞台上看。

沒有預警，就在表演者把臉快速的向後轉又轉回來，不到半秒鐘的時間，原本臉上的黑色面具變成了黃色的彩繪面具。

Crystal張大了嘴巴，看著表演者不斷變換著臉上的面具，紅的、綠的、藍的……七彩繽紛的面具每每用著不可思議的速度變換，被換掉的面具也沒有丟在地上或是拿在手上，簡直……

「簡直就是魔法……」Crystal驚呼。

就在Crystal驚訝不已的時候，台上的表演者突然停下了舞蹈，把臉轉向她的方向，那雙隱藏在白色面具後的雙眼直盯著她看。

Crystal愣了一下，然後看到表演者把面具摘了下來，露出裡面的臉。

「是他。」Crystal暗忖，台上正在謝幕的變臉表演者鄭昭大師，竟然是剛才坐在旁邊跟自己說話的亞洲男子。

在鄭昭謝幕的同時，全場歡聲雷動，沒有一個人吝嗇自己的掌聲，為這場精采的表演做了一個完美的結束。

散場之後，Crystal 偷偷的溜進後台，找尋鄭昭的休息室。

走到最裡面的房間，門半掩著，Crystal 從門縫偷偷往裡面看，看見鄭昭已經換成西裝打扮，坐在椅子上跟工作人員聊天。

叩、叩、叩的敲了幾聲門，Crystal 慢慢的把門打了開，裡面的工作人員疑惑的看著她，只有鄭昭不為所動的抽著香菸。

「妳是誰？」其中一個工作人員走了過來。

「我、我是來找大師的，我有話要跟他說！」Crystal 說。

「這裡閒雜人等是禁止進入的，妳再不出去我就叫警察了！」工作人員大聲吼著，伸手就要把 Crystal 給推出門外。

「等一下。」鄭昭把香菸熄在菸灰缸裡，轉了過來，對 Crystal 招了招手，說：「進來吧。」

「鄭大師，這……」工作人員面有難色的說。

「我的表演迷想對我說幾句話，也不可以嗎？」鄭昭站了起來，走到門邊把壓住

Crystal 的手拿了開，然後輕輕的拍了拍她的肩膀。

「如此美麗的女性，怎麼可以這麼粗魯對待她呢？」鄭昭拉著 Crystal 的手到椅子上坐下，然後揮揮手叫所有工作人員出去。

「出去，把門鎖上。」鄭昭說。

「這……」所有人員為難的不敢動。

「是不是，要再讓我說第二次呢？」鄭昭微笑著，語氣平和，但所有人都看出他眼中散發出來的憤怒之氣，除了低著頭的 Crystal 之外。

看到如此生氣的鄭昭，工作人員個個無奈的摸摸鼻子，走了出去。

「現在，妳可以說了。」鄭昭點了根香菸。

「呃……」Crystal 低著頭，緊張的搓著手指，鄭昭笑了笑，用手把她的下巴抬了起來。

「長得如此美麗，為什麼不敢抬頭呢？」他說。

Crystal 羞紅了臉，不停的摸著臉頰。

「說吧！找我什麼事？」

「我想……學變臉……」Crystal 說。

「哦？妳對變臉有興趣嗎？」鄭昭吸了一口香菸，把菸灰彈在菸灰缸裡。「但是我不輕易收徒弟的，因為當我徒弟要付出很大的代價。」

「我不惜任何代價！」Crystal 堅定的說。

「為什麼？」

「我想要知道『改變』的真義！」

看著語氣和眼神變得如此堅定的 Crystal，鄭昭笑了起來。

「哈哈哈！改變的真義是嗎？」他把香菸熄在菸灰缸裡，把身體微微靠近了 Crystal 說：「那妳就要做好心理準備囉！扒手小姐。」

聽到這句話的 Crystal 大驚，怔怔看著眼前的鄭昭，心裡不斷的思索著為什麼他會知道自己是扒手這件事。

「為什麼你會……」

「因為我在場啊！」鄭昭的聲音突然變得不一樣，一口正統法國腔的法文傳進 Crystal 的耳朵裡，她赫然想起那天晚上那法國男子的聲音。

「是你！」Crystal 大喊。

鄭昭沒有說話，只是笑著。

「當我的徒弟，唯一要付出的代價就是，當我殺手千相的繼承人，有什麼問題嗎？」

「拒絕……就會死，對吧？」Crystal 說。

鄭昭點頭。

「但我一點都不想拒絕呢。」Crystal 嘴角上揚。

「呵，歡迎妳進入，殺手的黑暗世界。」鄭昭，黑暗的微笑。

3

當天晚上，鄭昭帶著 Crystal 到他入住的飯店裡，開始要教她一些入門的功夫。

走進房間裡面，鄭昭在梳妝台前的椅子坐了下來，而 Crystal 在小客廳的沙發上坐立難安的搓著手指。

「妳知道易容術嗎？」鄭昭問。

被他突然這麼一問的 Crystal 一愣，搖了搖頭。

「所謂的易容術，簡單的來說就是用面具加上填塞物，還有一些道具，例如眼鏡、帽子等，來讓自己變成另外一個人。」

「變成另外一個人？」Crystal 問。

「沒錯，這是特務或間諜常會用的看家本領，有些殺手在執行任務時，也會使用這項技巧，但是不常有人用。」鄭昭點了根香菸。

「嗯。」Crystal 點點頭。

「我是學變臉這項傳統技藝起頭的，變臉最重要的就是要快。」鄭昭把沒拿菸的左手快速的拂過臉，瞬間變成一個女人的容貌。

Crystal 被這突如其來的這麼一換臉嚇到，她張大了嘴巴，像是被定格了一樣一動也不動。

「我把易容術的這種技巧和我學的變臉的技術相互融合，創造了前所未有的『極速易容』技術，至今無人能出其右。」又是快速的拂臉，鄭昭換回了原本的容貌。

「好厲害……」Crystal 佩服得簡直要站起來拍手了。

「我所蘊藏的技術，將會全部傳授給妳，同時妳也會繼承我在殺手世界的位置，妳做好心理準備了嗎？」

「我已經做好心理準備了！」Crystal 說。

「很好。」鄭昭把香菸熄在菸灰缸裡，走到 Crystal 面前說：「那我們就開始吧。」

「是，師父。」Crystal 恭敬的鞠了個躬。

Crystal 一個人待在黑暗的浴室裡已經超過十五天了，這十五天以來，自己的吃喝拉撒睡都在這小小的浴室裡，就算吃飯，也是鄭昭把外面的燈都關掉之後才送進來，Crystal 連一點點的光亮都看不到。

這不是鄭昭為了虐待 Crystal 才這麼做的，這是他要 Crystal 所做的「絕對黑暗訓練」，目的是……

「我要妳放棄自我。」結束了一場表演回到飯店的鄭昭說。

「放棄自我？」Crystal 不解。

「易容術的精髓，不在於這張臉變得多真、多快，而是在換上不同的臉的時候，展現出來的人格變換技巧，換成誰的臉，就完完全全的變成他。」鄭昭抽著香菸說。

「你的意思是說……演技嗎？」

「比演技還要更高一層，妳可以想像妳複製一個人的個性和靈魂納為己用，變成另一個他，而不是像機器人一樣模仿他的動作。」

「不是模仿，而是複製……是嗎？」Crystal 思索了一番。

「妳很聰明。」鄭昭熄了香菸，看著 Crystal 說：「尤其是妳的習慣動作，譬如說搓手指這一點如果不改掉，妳很容易被敵人認出妳變裝前和變裝後是同一個人這一點，非常的危險。」

「會死嗎？」Crystal 問。

「會。」

「我明白了，我決定放棄自我。」Crystal 語氣堅定的說。

就因為這句話，Crystal 就被鄭昭關在浴室裡，而且一關就是十五天，一開始她還覺得沒什麼大不了的，但時間一長，Crystal 開始感到恐懼無助，她拚命的抓門、撞門，想要逃出這小小的空間。

第一天、第二天，到了第三天之後，她放棄了掙扎、放棄了思想，漸漸的把自己融入黑暗之中，成為黑暗的一份子。

鄭昭推進來的食物在門口越堆越高，只是 Crystal 沒有再動過一口，她只是不斷盯著眼前那片黑暗，不發一語，連睡覺都忘記了。

一般人被關在黑暗的幽閉空間裡，不出兩天就會精神崩潰而發瘋，但是 Crystal 異常的冷靜，就好像她自己已經認定她不曾存在過，她所有的，就是眼前這片黑暗。

「是時候了。」過了一個月左右，在鄭昭結束夜間表演回到飯店的時候，陽光漸漸的灑落，他伸手把深色的窗簾拉開，讓光芒充滿室內，然後他走到浴室前，轉動了門把。

久違的陽光從半開的門外透了進來，待在黑暗中的 Crystal 慢慢的抬頭，望著眼前那片刺眼的陽光，接著她望向站在門口的鄭昭。

「覺得如何？」鄭昭看著已經瘦了整整一大圈的 Crystal 說。

「再好不過了。」Crystal 擠出了一點苦笑。

坐在沙發上，Crystal 沒有馬上大口扒送著眼前的食物，已經幾天沒有進食的她一回神就感覺到喉嚨缺水，喉口乾得像火燒一樣，直到她慢慢且不間斷的喝了兩大瓶的水，才感覺自己又活了過來。

「別只顧著喝水，肚子應該也餓了吧？快吃點東西吧。」鄭昭將食物推到她的面前。

「嗯。」Crystal點了點頭，抓起食物就大快朵頤了起來。

「這幾天，感受到什麼？」鄭昭抽著香菸，問著Crystal。

「我覺得我好像靈魂被抽乾了，完全無法感受到我還活著，好像我從來不曾存在過一樣。」Crystal停下正在吃東西的動作回答。

「這就是我要妳感受的東西，『無我』且『忘我』。」

「無我？忘我？」

「沒錯，要複製別人的人格，就要先學習如何將自己的人格完全抽離自己的身體，忘了自己原本是誰，就是忘我；而沒有所謂的自我人格，就是無我。」鄭昭吐了一口白煙。「得到這兩種能力，才可以練就完美的易容術，而妳很成功的得到了。」

「一切都是師父的功勞。」

「不，我只是提供方法，易容術的精髓，還要靠妳自己去掌握。」

「我一定會繼續努力的。」Crystal說。

「嗯，妳是我看過最有潛力繼承我的人，等一切訓練完成，我會正式認定妳的殺手資格，到那一天，妳才算是我的繼承人。」鄭昭熄了菸，離開小客廳，然後對Crystal說：「妳繼續吃，明天我帶妳回中國。」

「中國？」Crystal一驚。

「想要學我的正統的易容術和變臉術，自然是要回到我家。」鄭昭笑了笑。

當天晚上，Crystal 在鄭昭去表演的空檔，偷偷溜了出來。

走在巴黎街頭，她不斷的尋覓可能出現的熟悉身影，跟 Nate 分開已經有一個多月了，在她心裡從來沒有放棄過他，只是在鄭昭的訓練之下，根本沒有時間跑出來，這次好不容易有了時間，她二話不說的就出門尋找 Nate 的下落。

只是，不管她找了多久，找了多遠，找過火車站、地下道，甚至連暗巷都跑了進去，終究還是找不到 Nate 的身影。

不知不覺已經在巴黎街頭待到了深夜，冬天的巴黎夜晚冷得刺骨，Crystal 搓了搓手，試圖讓自己暖和一點，然後跑到屋簷下躲雪。

看著白色的結晶緩緩的飄落，Crystal 心中沒找到 Nate 的失落感湧上心頭，慢慢的，她的眼淚就這樣流了出來。

「為什麼哭呢？」鄭昭撐著傘走了過來。

「沒有……」Crystal 伸手擦擦半結冰的眼淚。

鄭昭搖搖頭，把傘收起來走到她旁邊，點了根香菸，說：「是妳之前提過的，跟妳一起在火車站當扒手的那個男孩嗎？」

「嗯……」Crystal 又擦掉了剛流下來的眼淚。

「總有一天會再見面的，如果妳肯相信妳跟他的緣分的話。」

「緣分？」Crystal 問。

「緣分就是一個人跟另一個人註定好的命運，什麼時候相遇，什麼時候會分開，都是決定好的，所以妳只要相信妳跟他的緣分還沒有走到盡頭，總有一天一定會再見面的，不是嗎？」鄭昭對 Crystal 笑了笑。

「我知道了，謝謝師父。」Crystal 微微的擠出了一點笑容。

「走吧！我們回去了。」鄭昭把香菸彈進了路旁的水溝蓋裡，撐起傘，跟 Crystal 一起走回飯店

過了幾天，鄭昭結束了在巴黎的最後一場表演之後，他回到飯店為 Crystal 梳妝打扮，並且將她易容成一個中國少女。

「這是……」Crystal 看著鏡子問。

「我女兒的臉，我身上有她的護照，不這樣做，目前妳要通過海關是不可能的，

妳在法國沒有身分，是幽靈人口，要辦起手續來異常麻煩。」

「原來如此。」Crystal 摸摸自己的臉，應該是臉上貼著的面具，雖然只是些許的填充物隔在自己真正的臉皮和面具之間而已，竟然可以讓自己的臉型有這麼大的改變。

Crystal 得意的笑著，鄭昭走到她身後，拍上她的肩說：「現在的妳，不是原來的 Crystal Daniel，是我的女兒鄭湘雪，知道嗎？」

「我了解了，父親。」Crystal 點頭。

4

三年後，中國北京——

初冬的白雪皚皚，街上的行人個個撐著傘擋雪，抑或是穿著雪衣禦寒，但人群中有一位顯眼的異國少女，卻只穿著薄薄的外套，獨自一人站在路旁，伸手接著那剛落下的白色結晶。

「不冷嗎？」鄭昭走向那少女。

「從小餐風露宿慣了，我可從來都沒怕過冷。」嘴上雖這麼說，但是Crystal還是接過了鄭昭給的白色雪衣，並且穿上了它。

來到北京之後，已經過了三年，這段時間裡面，鄭昭將自己畢生所學、所統整的「極速易容」精髓全部傳授給Crystal。

而她就如同鄭昭所期望的那樣的有潛力，第一年就將所有快速易容的技巧全部吸收殆盡；第二年開始熟練易容速度再加上鄭昭所教授的人格變換技巧；而邁入第三年的現在，Crystal已經能將快速易容運用得出神入化，連鄭昭自己都覺得不可思議。

「明天就是妳的畢業考試了，準備得怎麼樣？」鄭昭將菸盒裡的香菸拿了出來，叼在嘴上，卻找不著打火機。

「我已經將怪盜Shadow的資料背熟，隨時都可以行動。」Crystal把手伸進口袋，拿出打火機幫鄭昭點火。

「動作挺快的，什麼時候拿走的？」鄭昭接過Crystal手中的打火機說。

「剛才你拿雪衣給我的時候。」Crystal瞇瞇的笑著。

「呵，見到妳依然沒有退步的身手，我突然很期待，曾經是扒手的妳，對上從來沒有失誤過的怪盜Shadow，究竟會是鹿死誰手呢……」鄭昭吸了一口香菸。

「我也很期待呢。」把左手插進口袋，Crystal伸出右手，撥動她垂到額前的金色長髮。

⊕

怪盜 Shadow，出道才不到兩年，便在歐洲的寶石收藏家和博物館間掀起一場腥風血雨，他不斷用著可怕的出手速度，和那傳說中可以融入影子中躲避保全或警察而脫逃的特殊超能力，讓他盜遍了歐洲由北到南國家中所收藏的，極為珍貴的寶石，甚至他還曾將偷來的寶石貼在倫敦警察局門口，排成了「USELESS」字樣，讓倫敦警方顏面盡失。

而他在三個月前來到中國，期間就盜走了近十顆珍貴的鑽石及紅寶石，使中國公安繃緊了神經。

然而 Shadow 這樣的角色不是依賴像警察界這樣的正道力量就可以輕易解決的，熟稔此道理的黑暗世界特地發出邀請令到異界，請他們派出殺手來解決這個一點都不聽話卻又不肯跟任何人合作的個體戶小盜賊。

「不過我有兩個問題。」Crystal 跟鄭昭站在一片漆黑的博物館門口時，她問著鄭昭。

「妳說吧。」

「傳說中他擁有會融入影子逃走這能力是不是真的？還有，如果我殺不了他，還是可以繼名你嗎？」

「第一個問題我不知道，第二個問題的解答就是，我要退休了，這樣妳懂了嗎？」

「弟子懂了。」

「那麼，放手去做吧！」鄭昭說。

Crystal 點了點頭，右手朝臉上一揮，瞬間變成了另外一個容貌，接著她朝著前方大步一躍，漸漸的消失在夜晚的層層黑暗中。

站在博物館頂樓的 Crystal，不停的注意著四周的一舉一動，這裡是唯一可以從外面輕易進入博物館的入口，也是戒備最鬆散的死角。

貓頭鷹在樹梢叫著，寂靜的夜晚越夜越覺恐怖，只是 Crystal 早已習慣這種黑暗，她一派輕鬆的站著，但雙眼依舊注視著四方。

突然，一陣狂風颳起，原本靜靜躺在頂樓的影子開始恣肆的狂放晃動，這時 Crystal 發覺周圍出現人的氣息，而且快速的以她為中心轉圈。

「竟然真的藏在影子裡？」Crystal 慌忙的轉身望向四周晃動的影子，直到狂風停止，那股氣息也停在 Crystal 的面前。

「妳是誰？」前方的黑暗裡傳出低沉的聲音。

「奉命來殺你的殺手。」Crystal 說。

「哈哈哈！殺手？真能殺了我嗎？哈哈哈！」笑聲恐怖的在頂樓迴盪著，讓 Crystal 全身起了雞皮疙瘩。

倏地，眼前的黑暗隆起，變成一個人形的黑影，正當 Crystal 為這不可思議的景象感到驚訝之時，那個黑影像是脫了一層包覆著黑暗的皮一樣，一個穿著黑色西裝加黑色長斗篷的男子赫然出現在她的面前。

「初次見面，我是怪盜 Shadow。」戴著黑色面具的 Shadow 禮貌鞠躬，對 Crystal 自我介紹。

「廢話還真多。」Crystal 二話不說的從口袋掏出手槍，朝著 Shadow 就是一槍。

而當子彈打中了 Shadow 的黑色西裝的瞬間，他再次的被黑暗的外皮給包覆了起來，消失在 Crystal 眼前。

「就算你沒有實體，我還是會把你抓出來殺了你！」Crystal 不停的看著四周。

「哦？真的嗎？」語畢，Shadow 突然出現在 Crystal 的眼前，冷不防的一把搶走了她手中所握著的手槍。

「你！」Crystal 一驚。

搶到手槍的 Shadow 對 Crystal 哼了一聲，接著向後跳了兩大步，跟她拉開了距離。

「叫妳來殺我的人，一定是笨蛋。」Shadow 把玩著手中的手槍。

「你說什麼？不許侮辱我的師父！」Crystal 大怒。

「妳的身手這麼差，怎麼殺我呢？再加上妳的那張臉，是不是比較適合做易容暗殺的工作呢？」Shadow 指著 Crystal 臉上已經因為剛剛搶手槍而被刮破了一角的面具說。

只是話才剛說完而已，Shadow 手上的手槍已經消失不見，取而代之的是抵在他自己下巴的槍口。

「挺快的。」Shadow 說。

「不好意思，曾當過扒手，所以改不了偷別人手上東西的壞習慣。」Crystal 伸出沒握槍的左手，手心中的鑽石閃閃發光。

「可惜，我動作也不慢呢……Crystal Daniel。」

聽到這句話之後，Crystal 低頭望向 Shadow 放在胸前的手，赫然發現原本還在自己臉上的易容面具竟然出現在他的手中。

同時，她也對 Shadow 叫出她本名這件事而感到咋舌不已。

「你為什麼知道我是誰？」Crystal 把槍口向上提了一點。

「因為……」Shadow 把臉上的黑色面具摘了下來，Crystal 看了簡直不敢相信，因為這張黑色面具背後的容貌，竟是如此的熟悉。

「Nate……是你？」Crystal 握著手槍握柄的右手開始顫抖著。

「好久不見，卻是要說永別，是嗎？」Nate 右手食指輕輕敲著槍身。

Crystal 說不出話來，淚水充斥在眼眶中，讓眼前這熟悉面容漸漸的，變得模糊。

黑夜中的博物館頂樓，沒有再傳出第二聲槍響，Crystal 的眼眶不爭氣的流下了淚，而手，終究還是放了下來。

只是這麼多年的分別之後，兩人再次重逢，Crystal 終於在 Nate 最後融入影子離去之時，了解到了自己的心，竟然死得這麼不徹底。

5

直到隔天早上才回到鄭昭家中的Crystal，第一件事就是到他的房間前跪地請罪。

「妳這是做什麼？」鄭昭問。

「弟子首次任務就失敗，愧對師父。」Crystal把頭壓得更低了。

「呵呵呵……先站起來吧，我有事要對妳說。」鄭昭把Crystal扶了起來，並把她帶進自己的房間裡。

「妳先坐下。」鄭昭指了房間裡的小沙發。

「雖然，妳這次的任務完全失敗，但我卻沒有打算給妳任何的處罰，反而我應該讚許妳這次的表現。」

「為什麼要稱讚我？」Crystal不解。

「因為我後來才發現，那天留守博物館的十名警衛都死光了，我們完全低估了Shadow的實力，以及他的冷血、殘酷。妳第一次出任務，就可以跟他這種可怕的敵人對上，還可以差一步就置他於死地，妳說我該不該稱讚妳呢？」鄭昭點起了一根香菸。

「呵，好像是這樣。」Crystal笑著，心裡卻因為Nate變得如此殘忍而感到心痛和驚訝。

「明天，就是妳到異界去向異王大人報到的日子了。」鄭昭說。

「為什麼是明天？」

「因為我跟異王大人的契約今天終止了，所以我明天開始退休。」

「喔……」Crystal 白了他一眼。

「以後，妳就是隸屬於異王麾下，異界的殺手，異界的階級制很明顯，妳剛加入一定會屈就於一名比妳早加入殺手之下，不過妳還是要發揮我傳授給妳的東西，總有一天妳一定會獨當一面。」

「我明白了。」Crystal 說。

「依慣例，進異界當殺手必須要有特殊的專長，而妳繼承了我的易容術，原本應繼承我的『千相』之名，但我覺得妳未來的發展一定會在我之上，所以我特地破例，取了一個新名字給妳。」

「什麼名字？」Crystal 問。

「妳現在應該說的是：『請師父賜名』！」鄭昭拍了一下 Crystal 的後腦杓，且叫她轉身背向自己。

「請師父賜名。」Crystal 吃痛的揉了揉後腦，接著閉上眼睛。

鄭昭慢慢的走到 Crystal 背後，將右手放在她的頭頂，說：「我鄭昭以變臉術鄭門第三十六代弟子及極速易容術創始者千相之名，現賜妳繼承者之新名，從今以後，妳就叫做『萬相』。」

「弟子感激不盡。」萬相恭敬的說。

白雪皚皚，入冬的法國跟其他同樣下雪的國家相比，卻還是多了那麼一點浪漫的氣息。

進入異界不久的萬相在一次出任務時回到了法國，走在普瓦圖街道的她，不自覺的回到多年前與 Nate 相遇的車站。

幾年的時間可以改變很多，原本斑駁的磚牆也翻新，貼上了許多數位廣告，取代了以往乞兒窩在牆角的，是立牌上模特兒的笑容。

或許是不習慣吧，萬相始終是難以釋懷這種新世紀的風景，出現在她曾經熟悉的舊地。

「Nate……你還會記得嗎？」對著空氣問著這句話的萬相笑了笑，突然發覺自己很愚蠢。

但是淚，卻還是這麼不爭氣的掉了下來……

《Killer Hunter 外傳——萬相》　完

KILLER HUNTER
殺手獵人
CASE TWO 激戰

星爵作品 02
殺手獵人 02 激戰

國家圖書館出版品預行編目(CIP)資料
殺手獵人 02 激戰 / 星爵著. -- 初版. --
臺北市：春天出版國際, 2017.02-
冊； 公分. -- (星爵作品；2-)
ISBN 978-986-94449-0-3 (第2冊：平裝)
857.7 106002001

作者 星爵
總編輯 莊宜勳
主編 鍾靈
出版者 春天出版國際文化有限公司
地址 台北市信義路四段458號3樓
電話 02-7718-0898
傳真 02-7718-2388
E－mail frank.spring@msa.hinet.net
網址 http://www.bookspring.com.tw
部落格 http://blog.pixnet.net/bookspring
郵政帳號 19705538
戶名 春天出版國際文化有限公司
法律顧問 蕭顯忠律師事務所
出版日期 二〇一七年二月初版
定價 180元

總經銷 楨德圖書事業有限公司
地址 新北市新店區寶興路45巷6弄6號5樓
電話 02-8919-3186
傳真 02-8914-5524
香港總代理 一代匯集
地址 九龍旺角塘尾道64號 龍駒企業大廈10 B&D室
電話 852-2783-8102
傳真 852-2396-0050

ISBN 978-986-94449-0-3
Printed in Taiwan

KILLER HUNTER

KILLER HUNTER